AF602640

EVDOXE
TRAGI-COMEDIE
1641

EVDOXE,

TRAGI-COMEDIE.

Par Monsieur DE SCVDERY.

A PARIS,

Chez AVGVSTIN COVRBE', Imprimeur
& Libraire de Monseigneur Frere du Roy,
dans la petite Salle du Palais,
à la Palme.

M. DC. XXXXI.

Auec Priuilege de sa Majesté.

EVDOXE AVX DAMES.

QVOY que ie ne paroisse pas deuant vous, auec toute la pompe, & toute la magnificence, qu'ont accoustumé d'auoir, les personnes de ma condition: j'espere que vous n'oublierez pas, que i'ay porté des Sceptres & des Couronnes; que ie me suis veuë deux fois sur le Thrône; & que les Princes dont ie suis sortie, ont esté les Maistres du monde. Mais aimables & illustres Dames, ie ne vous fay pas souuenir de ma gloire, pour vous obliger au respect: il suffit que vous ayez quelque pitié de mes infortunes: & ie ne vous parle de l'estat glorieux où ie me suis veuë, que pour vous porter plus aisement à cette pitié, quand vous verrez celuy où ie ſuis reduite. Ie crains qu'il ne ſe trouue des eſprits aſſez injuſtes, pour dire que i'ay merité mes diſgraces : & des Cenſeurs aſſez ſeueres, pour blaſmer vne affection toute pure & toute innocente. Il eſt des gens qui croyent qu'on ne peut iamais rien aimer ſans crime, parce qu'ils n'ont iamais rien aimé ſans cela : & qui condamnent toute la terre, parce qu'ils en ſont condamnez. C'eſt contre cette dangereuſe eſpece d'hommes, que i'implore voſtre aſſiſtance:& c'eſt par voſtre propre gloire que ie vous conjure, de vouloir deffendre la mienne. Dittes leur donc, en parlant pour vous & pour moy, que l'Amour & l'Honneur ſont touſiours enſemble, quand la Vertu les a joincts : qu'il eſt des flames ſi pures, qu'elles n'ont iamais de fumée: & vn feu ſi détaché de la matiere, qu'il ſubſiſte touſiours ſans elle, auſſi bien que l'Elementaire. Dittes leur que s'il ſe trouue des corps en la nature, que le feu ne deſtruit iamais; il eſt de meſme des eſprits dont l'innocence eſt à l'eſpreuue, des plus ardentes affectiõs. Dittes leur que ces eſprits amoureux & purs, ſont dans le feu comme l'or: mais qu'ils y ſont comme luy ſans alteration, & ſans que leur prix diminuë. En fin, illuſtres & belles Dames, dittes leur encor, que la flame que i'allumay dans Carthage, iuſtifie celle qu'Vrſace auoit allumée en mon cœur: & qu'vne perſonne qui voulut mourir, pour conſeruer ſa pureté, n'auoit garde de viure pour la ternir. Que ſi leur courage inflexible ne ſe rend point, faites les ſouuenir qu'il eſt honteux, à des hommes de leur Nation, de m'eſtre plus inhumains, que ne me le furent, & les Goths, & les Vandales: & que ie ſerois bien malheureuſe, ſi ie trouuois des Mõſtres plus cruels en France, que ie n'en rencontray en Affrique: puis que l'vne en eſt appellée la mere, & que quelques vns ont eſcrit, qu'il n'y en a iamais en l'autre. Si i'obtiens cette faueur de vous, pour la reconnoiſtre en quelque façon; ie publieray par tout l'Vniuers, que la ciuilité Françoiſe eſt incomparable; que le merite des Dames y eſt ſans eſgal; & que les Beautez Greques cedent aux voſtres, encore qu'vne d'entr'elles, ait embraſé toute l'Aſie, & fait armer toute l'Europe.

LES ACTEVRS.

EVDOXE, Imperatrice d'Occident.

PLACIDIE, EVDOXE, } ſes filles.

GENSERIC, Roy des Vandales.

THRASIMOND, ſon fils.

VRSACE, Cheualier Romain en habit d'Eſclaue.

OLIMBRE, Cheualier Romain.

OLICHARSIS, Affricain.

ASPAR, Affricain.

TALERBAL, Iardinier du Roy.

TROVPE, de Gardes.

La Scene eſt deuant le Palais Royal à Carthage.

EVDOXE.

EVDOXE,

TRAGI-COMEDIE.

ACTE PREMIER.

OLIMBRE, VRSACE, OLICHARSIS, EVDOXE, L'IMPERATRICE, GENSERIC, ASPAR.

SCENE PREMIERE.

OLIMBRE, VRSACE, OLICHARSIS.

OLIMBRE.

ENfin vous le voyez, ce Palais glorieux,
Où l'on retient l'objet qui plaist tant à vos yeux:
Mais gardez de sçauoir par vostre experience,
Qu'on perd vn grand dessein par trop d'impatience:
Vrsace en m'attendant suspendez vos douleurs;
Faites qu'Olicharsis apprenne vos mal-heurs;

Qu'il en ſçache le cours, qu'il en ſçache les cauſes;
Et i'iray cependant ſçauoir l'eſtat des choſes:
Nous voicy dans Cartage, où tendoient vos deſirs;
Nous voicy dans Cartage, où ſont tous mes plaiſirs;
Et bientoſt nous verrons auec vn peu d'adreſſe,
La belle Imperatrice, & ma belle Maiſtreſſe.
Demeurez inconnu, puis qu'il vous eſt aiſé,
Si vous n'vſez point mal d'vn habit deſguiſé;
Ne precipitons rien, moderez voſtre enuie,
Et pour l'amour d'Eudoxe, allongez voſtre vie:
Sauuez-vous pour ſauuer cét Aſtre des beautez,
Et conqueſtez vn bien que vous ſeul meritez:
Si grande eſt ſa vertu, la voſtre n'eſt pas moindre:
Rendez-vous ſur le port, où i'iray vous reioindre.
Vous, ne deſcouurez pas que nous ſoyons venus
Pour agir d'autant mieux, n'eſtans point reconnus:
Mais eſloignez vos pas, ainſi que vos triſteſſes,
De cét appartement, où ſont les trois Princeſſes:
Enfin voſtre deſir a ſatisfaict vos yeux.

VRSACE.

Laiſſez-moy dans ce lieu que ie prefere aux Cieux:
Allez, mon cher Olimbre, où l'amour vous appelle,
Soyez autant heureux, que vous eſtes fidele,
Et ſi le ſort deſtruit mon deſſein hazardeux,
Souffrez enfin ma mort, & viuez pour nous deux.

OLICHARSIS.

I'aborde comme vous aux riues Affricaines,
Quinze ans m'ont retenu dans des terres lointaines,
Où le desir d'apprendre auoit porté mes pas,
Et ie pleins vos mal-heurs, mais ie ne les sçay pas.
Puis que par mon bon-heur, ma foy vous est connuë,
De grace, monstrez-moy vostre ame toute nuë;
Que ie sçache vos maux, pour vous en soulager;
Ie voudrois vous seruir, veüillez donc m'obliger;
Vn bien-heureux Destin a fait nostre rencontre;
Ie vous montre mon cœur, que le vostre se montre;
Au poinct où vos vertus ont sceu me le rauir,
I'affronterois l'Affrique, afin de vous seruir;
Et dans les grands perils, rencontrant des amorces,
Ie perdrois Genseric au milieu de ses forces.

VRSACE.

Cher & fidele Amy, ie n'ay pas le pouuoir
De cacher à vos yeux l'objet qu'ils veulent voir:
Ie descouure vn secret d'vne importance extréme,
Mais en vous le disant, c'est le dire à moy-mesme:
Et ce seroit pecher, voyant vostre pitié,
Contre le iugement, & contre l'amitié,
Si ie ne vous contois la suite d'vne histoire,
Difficile à souffrir, & difficile à croire:
Escoutez donc enfin les effects differens
De l'Amour & du Sort, deux superbes Tyrans.

Rome a veu ma naissance, & par mes destinées,
Constantinople a veu mes premieres années,
Là ie suiuis mon Maistre, estant enfant d'honneur,
Diray-ie pour ma perte, ou bien pour mon bon-heur?
Olimbre aux mesmes lieux suiuit le mesme Maistre;
Le Ciel nous fit aimer en nous faisant connoistre;
Nostre saincte amitié commença lors vn cours,
Qui ne sçauroit finir qu'en la fin de nos iours;
Et dans les mesmes lieux, la supréme puissance,
(O courtois Affricain) fit nostre connoissance:
L'Empereur Theodose, accablé de langueur,
Et poussé d'vn desir qu'il cachoit en son cœur,
Obtient d'Honorius, dans le mal qui le presse,
Que Valentinian face vn voyage en Grece:
L'Empereur d'Occident, afin de l'obliger,
Consent à ce depart, consent à s'affliger;
Et dans le port d'Ostie, auec beaucoup de peine,
Il quitte son Neueu sur la mer incertaine,
Où le vent fauorable, & qui le fut tousiours,
Nous mit dãs le Bosphore en moins de quinze iours.
Ie ne vous diray point auec quelle allegresse
Ce Prince fut receu des peuples de la Grece,
Ny comme l'Empereur qui s'en alloit finir,
A nostre heureux abord, sembla se rajeunir;
Vous ne l'ignorez pas; & ma seule infortune,
Dont le triste recit n'a rien qui n'importune,
Ne me fournit que trop, & dequoy discourir,
Et dequoy n'estre plus, si ie pouuois mourir:

Mais ie croy que le ſort dans ma peine eternelle
Me fit naiſtre immortel, afin qu'elle fuſt telle;
Car mon ame autrement auroit rompu ſes fers,
Pour s'exēpter pluſtoſt des maux qu'elle a ſouffers,

OLICHARSIS.

Pourſuiuez.

VRSACE.

C'eſt icy qu'il faut que ie retrace
Dedans mon ſouuenir, mon heur & ma diſgrace,
Et que par vn mélange, & de bien & de mal,
Ie monſtre les effets de mon Aſtre inégal:
Il m'éleua trop haut, pour n'auoir rien à craindre;
Il m'a trop abaiſſé, pour ſouffrir ſans me pleindre;
Il me fit plus heureux que les Roys ne le ſont,
Et me fait plus ſouffrir que les damnez ne ſont:
Enfin ie vis Eudoxe, & contre l'apparence,
Quoy qu'vn Sceptre entre nous miſt de la difference,
Que ſon rang, & le mien, n'euſſent aucun rapport,
Il fallut obeïr aux volontez du ſort.
I'oppoſé la raiſon à ſa force infinie;
Ie taſché d'empeſcher ſa fiere tyrannie;
Ie combattis long-temps ce ſuperbe vainqueur;
Mais il ſe fallut rendre, & perdre enfin ſon cœur.

OLICHARSIS.

Quoy, vous aimaſtes donc Eudoxe?

VRSACE.

Ie l'aduouë,
Et soit que vostre esprit, ou me blâme, ou me louë;
Qu'il approuue ou condamne vn estrange discours;
Ie l'aimé, ie l'adore, & le feray tousiours.
Mais de quelques ardeurs que i'eusse l'ame atteinte,
Le respect imposa le silence à ma pleinte;
Ie bruslé sans parler, dans mes feux innocens;
Et ie perdis mon cœur, mais non pas le bon sens.

OLICHARSIS.

Qui luy descouurit donc vostre secrette flame?

VRSACE.

Ha! ce furent mes yeux qui trahirent mon ame:
Les sentimens du cœur s'y peignirent trop bien;
La Princesse les vid, & ie n'en sçauois rien.
O le diuin objet qui s'offre à ma memoire!
Ce temeraire cœur se vid comblé de gloire;
Il descouurit les pleurs dont i'auois l'œil noyé;
Mais quoy, cét Ixion ne fut pas foudroyé:
Car plus heureux que sage, en sa haute aduanture,
Cét objet adoré de toute la Nature,
Cette Princesse Illustre en ses rares vertus,
Fit voir quelque pitié des coups qu'il auoit eus,
Et par certains regards obligeans, mais modestes,
I'apris qu'elle souffroit ses flames manifestes,

Et que ce temeraire, en sa presomption
Ne seroit point puny par son aduersion.

OLICHARSIS.

Enfin elle aima donc?

VRSACE.

Pour mon ame enflamée,
Elle fit bien assez, en souffrant d'estre aimée;
Elle fit bien assez, quand il me fut permis
De parler de l'estat où ses yeux m'auoient mis;
Et de luy faire voir, sans meriter sa haine,
Mon amour, mes respects, mes deuoirs, & ma peine.
Mais admirez icy les caprices du sort!
Cette Princesse aimable, & que i'aimois si fort,
Ne fit aucun progrez dans l'esprit de mon Maistre,
Vne autre passion en son cœur se vid naistre;
I'aimé trop hautement, & son cœur raualé,
D'vn feu moins esclatant voulut estre buslé:
Car enfin, il estime, il cherit, il adore
Vne fille au Palais, qui s'appelle Isidore;
Qui seruoit la Princesse, & qui pour la beauté
Ne luy cedoit pas moins que pour la qualité.

OLICHARSIS.

Sans doute cét amour ne nuisit pas au vostre.

VRSACE.

Ie tiray du profit de la faute d'vn autre:

La Princesse parut sensible au dernier point;
Comme il ne l'aimoit pas, elle ne l'aima point:
Et comme ie l'aimois par vn bon-heur insigne,
Elle eut vn peu d'amour pour vn objet indigne.
O momens glorieux, entretiens rauissans,
Secrets tesmoins d'amour, qui charmiez tous mes sens!
O douceurs iusqu'alors aux mortels inconnuës,
Helas! respondez-moy, qu'estes-vous deuenuës?
Voicy le poinct fatal qui causa ma fureur:
Le Prince estant Neueu de ce grand Empereur,
Il luy promet sa fille, afin qu'en vn seul homme,
Et l'Empire de Grece, & l'Empire de Rome,
Puissent n'auoir enfin qu'vn Maistre quelque iour:
Icy l'Ambition l'emporte sur l'Amour;
L'vn mesprise Isidore, & l'autre m'abandonne;
Tous deux rompent leurs fers, pour prendre vne Couronne;
Et sans auoir d'amour que pour la vanité,
Du faiste du bon-heur ie suis precipité.

OLICHARSIS.

Mais que luy dites-vous en cette conjoncture?

VRSACE.

Aprés auoir souffert en secret la torture,
Aprés que le respect, le despit, la douleur,
Le souuenir du bien, & l'objet du mal-heur,

Eurent

Eurent bien combattu dans mon ame offensée,
Enfin le desespoir exprima ma pensée.
Quoy (luy dis-ie) Madame, ainsi vous me quitez,
Et vous m'allez punir de mes temeritez?
Mais bien que ie reçoiue vne sensible iniure,
Non, non, ne craignez pas le tiltre de parjure;
Ie lis dedans vos yeux la peur que vous auez,
Ie n'en parleray point, puisque vous le sçauez;
Et dans quelque douleur que mon ame s'abysme,
Ie diray qu'elle est iuste, en punissant mon crime;
Que ma presomption merite vn chastiment;
Elle fut infinie, & tel est mon tourment:
Ie souffre des douleurs que ie ne sçaurois dire;
Mille bourreaux secrets commencent mon martyre;
Mon cœur est deschiré; la tristesse & l'horreur,
Le desespoir, la mort, la rage, & la fureur,
Tout cela m'enuironne, & tout cela s'approche;
Mais ie les receuray sans vous faire vn reproche;
Tousiours, tousiours l'amour gardera son pouuoir,
Et me tiendra tousiours aux termes du deuoir.
Ie ne vous diray point, qu'en bruslant de ses flames,
L'amour malgré le sort peut esgaler les ames;
Et que s'il agit bien sur deux esprits troublez,
Le sceptre & la houlette en seront assemblez.
Ie ne vous diray point, que suiuant la Nature,
Ceux qui veulent aymer la vertu toute pure,
Ne considerent pas, apres ce rare objet,
Si celuy qui la monstre, est Monarque, ou suiet.

Ie ne vous diray point que vostre ame royalle
N'a iamais condamné ma flame sans esgale,
Qu'elle approuua mes feux, mes fers & mes liens;
Et qu'en les approuuant, elle monstra les siens.
Ie ne vous diray point, ô gloire des Princesses,
Que par mille sermens, & par mille promesses,
Cette bouche adorable a souuent protesté
D'esgaller sa constance à ma fidelité.
Non, ie n'en diray rien; & ie ne parle encore,
Que pour iurer encor à celle que i'adore,
Que malgré son mespris, & son prompt changement;
Que malgré ma colere, & mon ressentiment;
Ie regarde venir ce fatal Hymenée,
Ie regarde venir ma derniere iournée,
Sans perdre le respect que ie dois à son rang,
Et que ie vay signer ce discours de mon sang.

OLICHARSIS.

Et que respondit-elle à ces mots pleins de charmes?

VRSACE.

Son bel œil le premier respondit par des larmes:
Mille profonds soupirs, qui sortoient à la fois,
Empescherent long-temps l'vsage de sa voix;
Mais enfin, s'efforçant contre la violence
Des sanglots redoublez, qui causoient son silence,
Elle me protesta, que ses feux innocens
N'auoient iamais esté plus vifs, ny plus puissans,

Et que sa flame aussi n'estant point criminelle,
Elle me promettoit de la rendre eternelle;
Et que sans offencer l'honneur de son espoux,
L'amour & la vertu regneroient entre nous.
Elle me coniura de prendre connoissance
De ce qu'elle deuoit à sa haute naissance;
Et de considerer que les filles des Rois
Ne pouuoient conseruer la liberté du choix.
Que la raison d'estat qui croit tout legitime,
Fait souuent d'vne Reine vne pauure victime,
Et conduit au supplice vn esprit amoureux,
Que le Throsne esclatant ne sçauroit rẽdre heureux,
Mais qu'il faut obeïr à cette loy fatale:
Qu'au reste, son amour qui n'eut iamais d'esgale,
Auroit la mesme force, & la mesme douceur,
Changeant le nom d'Amãte au chaste nom de sœur:
Que i'estois asseuré, qu'vne flame infidelle,
En cette occasion, ne disposoit point d'elle;
Que le deuoir tout seul me la venoit rauir;
Et qu'enfin ie vescusse afin de la seruir.

OLICHARSIS.

Quels furent vos pensers, alors pour la Princesse?

VRSACE.

Malgré ma passion, ie connus sa sagesse;
Et lors que la raison eut assez combattu,
Ie me iette à ses pieds, adorant sa vertu:

Doux & puissant esprit (luy dis-ie auec des larmes)
Puisque vous le voulez, mon amour rend les armes;
Mais si vous conseruez pour moy quelque pitié,
Ioignez en ma faueur, l'amour, & l'amitié;
Ie ne demande point de plus parfaite ioye,
Si vous pouuez souffrir, que i'aime, & que ie voye.
L'vn & l'autre (dit-elle) est iuste en vos mal-heurs,
Lors elle me quitta, voulant cacher ses pleurs.

OLICHARSIS.

O merueilleux amour! ô vertus adorables!
Amants, que la sagesse a fais incomparables!

VRSACE.

Ainsi ce grand Hymen s'acheue en peu de iours:
Mais pour n'allonger pas vn si triste discours,
Vous sçauez, cher amy, sans que ie vous le die,
Qu'ils eurent en neuf ans, Eudoxe & Placidie;
Et qu'Olimbre amoureux de ce soleil naissant,
Fit naistre en son berceau, son amour innocent,
Ie dis pour Placidie, & son ame enflamée
L'aima dés sa naissance, & l'a tousiours aymée;
Et par vn sort esgal à sa fidelité,
Il engagea si bien cette ieune beauté,
Que la suitte des ans en augmentant son âge,
N'a fait que l'obliger à l'aimer dauantage.
Mais en ce mesme temps, vn funeste accident
Rauit Honorius, Empereur d'Occident:

Mon maistre prend la route où son desir aspire,
Afin d'aller à Rome establir son Empire:
Là sa femme le suit, & nous le suiuons tous:
Et le vent fauorable, & la mer sans courroux
Nous met au bord du Tibre, où le plus grand des
Princes
Reçoit les complimens de toutes ses Prouinces,
Et va reuoir apres le sceptre dans la main,
La maistresse du monde & du Peuple Romain.
Lors Valentinian s'engage dans vn crime;
Car il donne Isidore au Senateur Maxime,
Et se laissant conduire au conseil des valets,
Il trompe cette Dame, & la force au Palais.
Elle dans la douleur, dont son ame est atteinte,
Le dit à son espoux, & meurt apres sa plainte.
Luy, conserue en son cœur, aussi triste que fin,
Vn desir de vangeance, & l'execute enfin.
Il corrompt par presens les gardes de son Maistre,
Le fait assaßiner, & ce barbare traistre
S'empare de l'Empire, & son vœu s'accomplit,
Il prend de l'Empereur, & le Throsne, & le lit;
Et l'amour qui se mesle à sa rage obstinée,
Force l'Imperatrice à ce triste Hymenée.
Helas! i'estois absent en ce iour plein d'effroy;
Nostre fidele Olimbre estoit auecques moy;
L'Imperatrice en vain nous appelle à son aide;
Nous arriuons trop tard, la chose est sans remede;
Mais ce mary brutal, ce lasche vsurpateur;

Luy parlant d'vne mort dont il estoit l'autheur,
Dans la stupidité qui regne en sa pensée,
Descouure ce secret à sa femme offencée.
Vn desir de vangeance alors la posseda;
De venir en Affrique elle me commanda,
I'oblige Genseric par l'objet de ses larmes,
De voir nostre Italie, & d'y porter ses armes.
Il s'embarque, il arriue, il prend Rome à l'instant;
Maxime luy resiste, & meurt en combattant;
Et ce Prince Vandale, enfin par sa puissance,
Voit la Reine du monde en son obeïssance.
Olimbre fut aimé de ce puissant vainqueur;
Et Thrasimond son fils abandonna son cœur
A la Princesse Eudoxe; ô souuenance amere!
Genseric fut touché des charmes de la Mere;
Au poinct où i'esperois estre le plus heureux,
Ce Prince pour me perdre en deuint amoureux.
Il soupire, on le fuit, mais enfin il s'explique:
Et reprenant dans peu la route de l'Affrique,
Force l'Imperatrice (insensible qu'il est)
A suiure toute en pleurs le chemin qui luy plaist.
Moy qui me vois rauir la seule chose aimée,
I'assemble mes amis, i'attaque son armée;
Mais le nombre plus fort accable la vertu,
Et tout percé de coups, ie me vois abattu.
Ce Vandale passe outre, orgueilleux de sa proye,
Et faict voile aussi tost auec toute ma ioye.
Lors dans vn desespoir qui n'a point de pareil,

Ie veux mourir, Olimbre oppose son conseil,
Qui me force de viure au milieu de mes peines;
Nous suiuons Genseric aux riues Affricaines,
Et dessous cét habit qui me rend inconnu,
Pour vaincre ou pour mourir ie suis icy venu,
Resolu de sauuer ces trois grandes Princesses,
Ou de voir en ma fin celle de mes tristesses.
Et pour estre à Carthage vn peu plus seurement,
Vn des miens en ces lieux a fait adroitement,
Que le bruit de ma mort passe pour veritable,
Et que chacun icy la croit indubitable.
L'Imperatrice mesme a l'Esprit abusé
Du bruit faux & trompeur d'vn trespas supposé;
I'ay par ce mesme bruit sa constance esprouuée,
Et personne que vous ne sçait mon arriuée:
Voyla, mon cher amy, la gloire & le tourment
Du plus infortuné qui fut iamais amant;
Mais ie retourne au port:

OLICHARSIS.

Moy, si la longue absence
Aupres de Genseric n'a destruit ma puissance,
I'adouciray peut-estre vn si cuisant soucy.
I'entens venir quelqu'vn, esloignons-nous d'icy.

SCENE II.

EVDOXE.

STANCES.

ET bien, raiſon imperieuſe,
Ie vay ceder, & t'obeïr:
Ie veux aimer, il faut haïr,
Suiuant ta force iniurieuſe,
Trahir ſon cœur, ſuiure ta loy,
Et ſe rendre iniuſte apres toy.

Parle, parle donc à mon ame,
Seuere & faſcheuſe raiſon;
Dis-luy qu'on nous tient en priſon,
Exagere, condamne, blaſme,
Peinds affreux ce qu'on void charmant,
Et fais vn monſtre d'vn Amant.

Pere cruel, Fils pitoyable,
Prince inhumain, Amant diſcret,
Helas, qu'en ce tourment ſecret,
Ma douleur ſe rend effroyable:

Et

Et combien i'ay peu de pouuoir,
Entre l'Amour & le deuoir!

O Ciel, que ma peine est extréme,
En ce dessein mal affermy!
Genseric est nostre ennemy;
Il est vray, mais son fils nous aime;
Et pourquoy voulons-nous blasmer,
Celuy qui n'a rien fait qu'aimer?

Quoy donc, la perte d'vn Empire,
Et celle de la liberté,
Plus chere que n'est la clarté,
Souffriront-elles qu'on soupire?
Si ce n'est pour mieux detester
La main qui nous les vient oster.

Mais n'auons-nous pas connoissance,
En ce fatal & triste iour,
De l'extréme force d'amour,
Quand il est ioinct à l'innocence;
Malgré le crime paternel,
Thrasimond n'est point criminel.

Quoy, peux-tu balancer encore,
A quoy sert de dissimuler?
N'as-tu pas permis de parler
Au parfait Amant qui t'adore?

Veux-tu choquer ton bien naiſſant,
Si l'Imperatrice y conſent?

Enfin, Eudoxe infortunée,
Il faut te reſoudre à ce choix:
Et bien Amour, ie ſuy tes loix;
Raiſon te voila condamnée;
Souuiens-toy, ſi mon cœur a tort,
Qu'il ſuit le party du plus fort.

Souuiens-toy.... mais ſilence, icy l'Imperatrice
Va prononcer l'arreſt, qu'il faut que ie ſubiſſe:
O Ciel, ſi ta pitié daigne eſcouter mes vœux,
Fais pancher ſon eſprit du coſté que ie veux!

SCENE III.

L'IMPERATRICE, EVDOXE.

L'IMPERATRICE.

Vdoxe, eſcoutez bien tout ce que ie vay dire:
Vous ſçauez que le ſort nous a rauy l'Empire;
Que nous auons perdu iuſqu'à la liberté,
Et que meſme l'eſpoir ne nous eſt pas reſté.

Que l'Empereur est mort, qu'Vrsace l'est de mesme;
Et pour dernier mal-heur, qu'vn Roy barbare m'aime;
Qu'il nous tient en prison en ce bord estranger,
Et reduit mon honneur à l'extreme danger;
Car à quelque douleur que ie sois condamnée,
Ie ne puis consentir à ce triste hymenée;
Et ie ne cele point, qu'Vrsace auoit ma foy,
Et qu'il l'aura tousiours au sepulchre auec soy.
Ainsi ie preuoy bien, s'il faut que ie m'oppose,
Que celuy qui peut tout, osera toute chose;
Et que pour esuiter son insolent effort,
Il faudra me sauuer dans les bras de la mort.
Considerez, ma fille, en cét estat funeste,
Ce que nous pouuons faire, & quel espoir nous reste:
Vous seule enfin pouuez empescher mon trespas.

EVDOXE.

Hé! Madame, comment?

L'IMPERATRICE.

Ne m'interrompez pas.
La fortune changeante & peut estre lassée,
Semble se contenter de ma peine passée;
Elle nous offre vn port, elle nous y semond;
Elle vous donne enfin le cœur de Trasimond;
Ce Prince genereux, vient de m'ouurir son ame;
Il vient de me monstrer son respect & sa flame;

Vous ſeule eſtes l'objet de ſes chaſtes deſirs,
Et vous ſeule cauſez ſa peine & ſes plaiſirs;
Eudoxe, partagez mon deſſein & ma ioye,
Seruons-nous du bon-heur que le ciel nous enuoye;
Secondez mes ſouhaits, acceptez cét Eſpoux;
Il eſt ſage, il eſt Prince, il eſt digne de vous;
Et nous oppoſerons (ainſi que ie l'eſpere)
La prudence du fils, à la fureur du pere;
Et par là nous pourrons euiter ſa rigueur.

EVDOXE.

Madame, c'eſt à vous à gouuerner mon cœur,
Et vous pouuez agir de puiſſance abſoluë;
Puiſque vous le voulez, m'y voila reſoluë.

L'IMPERATRICE.

Ie n'attendois pas moins d'vn eſprit ſi bien nay:
Puiſſiez-vous poſſeder plus d'heur que ie n'en ay,
Pour vous recompenſer de cette obeïſſance.

EVDOXE.

Ha! Madame, on doit tout, quand on doit la naiſ-
ſance.

L'IMPERATRICE.

Ce Prince genereux peut nous ſeruir icy,
Si ſon pere entreprend....

EVDOXE.

Madame le voicy.

SCENE IV.

GENSERIC, ASPAR, OLICHARSIS.

GENSERIC.

ENfin, Olicharsis, ce discours m'importune:
Il choque mon amour, & ma bonne fortune;
Il destruit mes plaisirs, non, ie n'en feray rien.

ASPAR.

Ainsi doiuent agir les grands Roys, pour leur bien.

OLICHARSIS.

Ha! Seigneur rappellez dedans vostre memoire,
Ce qu'on doit à l'honneur, ce qu'on doit à la gloire:
Le nom de Genseric a volé iusqu'aux Cieux,
Ne vueillez point destruire vn bruit si precieux;
Et par vne action digne d'estre blasmée,
Imprimer vne tache à vostre renommée:
Fuyez, fuyez l'Amour, qui veut vous suborner,
Et le mauuais conseil qu'on tasche à vous donner.

GENSERIC.

Cruel Olicharsis, que veux tu que ie face?
Vn puissant ennemy me suit de place en place;
Qui force les mortels à receuoir ses loix;
Qui commande par tout, qui regne sur les Roys;
Qui tout imperieux, se soumet les plus braues;
Qui n'a point de sujets, qui n'a que des esclaues;
Et qui change pour moy, par mille maux souffers,
Ma couronne en son ioug, & mon sceptre en ses fers.
Rien pour ce fier tyran ne se trouue impossible:
Vn Throsne est esleué, mais non inaccessible;
Il y blesse vn Monarque au milieu de sa cour;
Et comme moy, tout cede au pouuoir de l'Amour.
Mon ame, Olicharsis, s'est assez deffenduë;
Elle n'en pouuoit plus, quand elle s'est renduë;
I'ay fait armes de tout en cette extremité,
Pour sauuer mon repos auec ma liberté:
Mais inutilement, contre sa tyrannie:
I'opposois ma raison, ce Tyran l'a bannie;
I'opposois mon deuoir, il ne m'escoutoit pas;
I'opposois mon honneur, il m'offroit des appas;
Et par mille beautez ayant seduit mon ame,
Malgré ma resistance, il y porta la flame;
Ie pris Rome, il me prit, & possedant mon cœur,
Il me fit voir captif, lors que i'estois vainqueur.
Ne m'accuse donc plus, mais apprends à te taire:
Si ie fais vne erreur, est-elle volontaire?

C'est moy qui me dois plaindre, aymant vne beauté,
Qui n'a pour mon amour, que de la cruauté,
Du mespris, de l'orgueil, & de qui l'ame altiere,
Ne considere point qu'elle est ma prisonniere,
Et qu'vn cœur qui peut tout, & qu'vn cœur irrité,
Peut enfin se porter à toute extremité.

ASPAR.

Vous auez bien connu par vostre experience,
Que son orgueil prouient de vostre patience:
Vous auez trop souffert, son mespris insolent;
Et le feu de l'amour n'a paru que trop lent:
Qu'vn sujet amoureux, souffre cette contrainte;
Qu'il adore en tremblant, qu'il n'agisse qu'en crainte;
Mais il faut qu'vn Monarque en receuant la loy
D'vn œil imperieux, face l'amour en Roy.

OLICHARSIS.

Mais il faut qu'vn Monarque, en l'estat où nous sommes,
Soit plus sage en effet que le commun des hommes;
Qu'il regne sur soy-mesme, en regnant sur autruy;
Et qu'il prenne la loy, qu'on doit prendre de luy.

GENSERIC.

Mais il faut donc qu'vn Roy se resoluë à sa perte.
Mais il faut donc tenir ma sepulture ouuerte;

Mais il faut donc mourir, car enfin mon trespas
Despend d'aymer encor, & ne posseder pas.

ASPAR.

Et qui peut s'opposer à cette jouïssance?

OLICHARSIS.

Et son aduersion, & sa haute naissance:
Car enfin tout esprit est nay libre, est nay franc,
Et l'on ne force point les femmes de son rang.

GENSERIC.

Mais doit-on mespriser le vainqueur d'vn Empire?
Mais doit-on mespriser vn Amant qui soûpire?

ASPAR.

Ouy Seigneur on le doit, quand sa facilité,
Souffre qu'on le mesprise, auec impunité:
Celuy ne connoist pas les droits d'vne Couronne,
Qui n'vse absolument du pouuoir qu'elle donne.

OLICHARSIS.

O le mauuais conseil!

ASPAR.

Vtile,

OLICHARSIS.

Vicieux,

ASPAR.

ASPAR.

Plaisant.

OLICHARSIS.

Mais deshonneste, & desplaisant aux Dieux:
Ha! seigneur, esuitez cét affreux precipice:

ASPAR.

A qui peut tout oser toute chose est propice.

OLICHARSIS.

Il vous perd.

ASPAR.

Ie vous sauue.

OLICHARSIS.

Il vous nuit.

ASPAR.

Ie vous sers.

GENSERIC.

Que doit faire vn esclaue accablé de ses fers?
A quoy se doit resoudre vne ame infortunée?
Mais qui tient en ses mains sa bonne destinée.
Qui peut faire son sort, heureux, ou mal-heureux:
Ha! qui peut consulter n'est pas bien amoureux!

Courons, courons au bien que l'amour nous presente;
Si la chose n'est iuste, au moins elle est plaisante;
Nous auons trop langui, nous auons trop souffert,
Le respect nous destruit, la constance nous perd:
Il faut, il faut oser, il faut tout entreprendre,
Et forcer l'ennemy qui ne se veut pas rendre:
Allons donc le sommer pour la derniere fois;
Et luy faire esprouuer ce que peuuent les Roys.

Fin du premier Acte.

ACTE II.

VRSACE, OLICHARSIS, OLIMBRE, L'IMPERATRICE, PLACIDIE, EVDOXE, GENSERIC, ASPAR, THRASIMOND.

SCENE PREMIERE.

VRSACE, OLICHARSIS, OLIMBRE.

VRSACE.

L pretend (dites-vous) forcer l'Imperatrice?

OLICHARSIS.

Il n'est point de conseil dont son cœur ne s'aigrisse:
Il prend vn bon aduis, pour vne trahison,
Et ne peut écouter la voix de la raison.
Par celle d'vn meschant, son ame est obsedée;
Et son ame s'égare, estant si mal guidée.

Aſpar, le traiſtre Aſpar, qui peut tout aujourd'huy,
Luy fait prendre vn deſſein laſche & digne de luy:
Ie vous en aduertis, cher Vrſace, & ie tremble,
Que quelqu'vn en ce lieu ne nous ſurprenne enſemble,
Elle ſeroit perduë, & nous ſerions perdus:
Separons-nous pluſtoſt, de peur d'eſtre entendus.
Ie retourne au Palais;

OLIMBRE.

Allez, Amy fidelle,

OLICHARSIS.

I'obſerueray ce Prince, & ie prendray ſoin d'elle.

VRSACE.

O le plus mal-heureux qui reſpire le iour,
Objet de la colere, & du ſort, & d'amour!
Toy qui te vois en butte aux traits de leur enuye;
Vrſace infortuné, pers, pers enfin la vie;
Contente la rigueur de l'Amour & du ſort;
Et finis tant de morts, par vne ſeule mort.
Au milieu des mal-heurs que le deſtin t'enuoye,
Tu peux te conſoler par vne triſte ioye,
Puis que tu ſçais qu'Eudoxe a long-temps reſiſté,
Et qu'elle ne ſe rend qu'à la neceßité;
Qu'elle combat encor contre vne ame ſi noire;
Vrſace, c'eſt aſſez, c'eſt meſme trop de gloire;

Entre dans le tombeau, fais qu'elle puiſſe enfin,
Quand tu ne ſeras plus, obeïr au deſtin;
Il eſt iuſte, il eſt iuſte, autant qu'elle eſt fidelle;
Tu ne meritois pas l'honneur d'eſtre aymé d'elle.
Tu fus trop temeraire, & l'orgueil te perdit,
Qu'vn Roy l'emporte donc: mais laſche qu'as-tu dit?
Celle dont la vertu n'aura point de ſeconde,
Celle qui commandoit à la moitié du monde,
Qui tenoit en ſes mains l'Empire d'Occident,
Souffrira donc enfin vn ſi triſte accident?
Et tu pourras ſouffrir qu'vn Vandale, vn Barbare
Emporte inſolemment vne beauté ſi rare?
Tu mourras ſans le perdre, & ſans la ſecourir?
Ha! laſche, meurs pluſtoſt, d'auoir voulu mourir.
Entens, entens la voix de la triſte Princeſſe,
Qui ſe meſle à ſes pleurs, qui t'appelle ſans ceſſe,
Qui ſignale en ce lieu ſon amour & ſa foy,
Et qui ſemble te dire, Vrſace, ſauue moy.
Pardonne, chere Eudoxe, au deſſein qui te faſche:
Ce cœur eſt affligé, mais ce cœur n'eſt point laſche.
Il a voulu mourir, te voyant enleuer,
Il veut viure & mourir, afin de te ſauuer.
Allons, allons, Olimbre, où la fureur m'emporte;
Il n'eſt point de Palais, ny de garde aſſez forte,
Pour retenir vn cœur qu'on ne peut ſurmonter.
Le Throſne a des degrez par où l'on peut monter:
C'eſt en vain qu'vn tyran y veut cacher ſon crime;
Qui ne vit point en Roy, n'eſt pas Roy legitime;

Et qui ne sauue point sa Reine d'vn mal-heur,
Est perfide sujet, ou soldat sans valeur.
A la mort, à la mort, ou plustost à la gloire;
La fortune auiourd'huy ne tient point la victoire;
Elle despend de nous, elle est en cette main;
Elle s'en va punir ce Monarque inhumain;
Rien ne peut s'opposer à ma iuste vangeance:
Mais vn si haut dessein veut de la diligence;
Ne perdons point de tẽps, & mõtrons auiourd'huy,
Qu'en méprisant sa vie, on tient celle d'autruy.

OLIMBRE.

Ie suis prest de mourir, & pour vostre seruice,
Et pour ma Placidie, & pour l'Imperatrice:
Vrsace, aucun peril ne peut m'espouuenter,
Et ie n'en connois point que ie n'ose tenter.
Mais quoy, nostre esperance est sans doute destruite;
Si la force en ce iour agit sans la conduite:
Au milieu de sa Cour, assaßiner vn Roy,
C'est se perdre sans fruit, & tout perdre auec soy,
Attendons, il s'agit d'vne affaire trop grande.

VRSACE.

Helas, trop sage Amy, que veux-tu que i'attende?
Qu'vn barbare insolent me rauisse mon bien?
Qu'il m'enleue vn thresor, qu'il ne me laisse rien?
Et que ie sois venu sur les riues d'Affrique,
Pour rendre ma disgrace, ou ma honte publique?

Qu'Vrsace n'ait vescu sans ioye & sans bon-heur,
Que pour mourir apres, sans gloire, & sans honneur?
Qu'il soit sans sentimēt, sans force, & sans courage?
Qu'il soit sans desplaisir, sans colere, & sans rage?
Ha! cela ne se peut, cela ne se doit pas;
Ce mal a quelque chose au delà du trespas;
Viure ainsi, n'est pas viure, ô funeste memoire!
C'est mourir pour l'honneur, & suruiure à sa gloire.

OLIMBRE.

Ne precipitons rien;

VRSACE.

Mais precipitons tout;
Poussons, poussōs plustost le mal-heur iusqu'au bout,
La tempeste finit, alors qu'elle est extréme;
Et l'on peut se sauuer par le naufrage mesme.

OLIMBRE.

Attendez, attendez;

VRSACE.

Ha! i'ay trop attendu:

OLIMBRE.

Vous perdez.....

VRSACE.

Quoy, ie pers; ne suis-ie pas perdu?

OLIMBRE.

Mais vous perdez encor par vostre impatience,
Mais vous perdez encor par vostre violence,
L'objet de vos desirs & des miens;

VRSACE.

Et pourquoy?

OLIMBRE.

Lors qu'vn peuple irrité verra meurtrir son Roy,
Croyez-vous qu'il pardōne à ces pauures Princesses
Qui seront le sujet de toutes ses tristesses?
Non, ne vous flatez point, ce peuple furieux
Viendra les esgorger, & peut-estre à vos yeux:
Lors en vain nous mettrons nostre force en vsage,
Et leur sang ialira iusqu'à vostre visage.

VRSACE.

Ha! cruel ie me rends, & tu m'as sçeu forcer;
Mon cœur ne peut souffrir vn si triste penser;
Il faut sauuer Eudoxe, & suiure ton enuie,
Puis que tu me fais veoir qu'il s'agit de sa vie.
Vous, desseins criminels, abandonnez mon cœur,
Cedez à Genseric, qui doit estre vainqueur;
Et vous, cœur affligé, mourant pour l'amour d'elle,
Soyez moins genereux, pour estre plus fidelle;

Preerez

Preferez l'interest d'vn objet si charmant;
Faites-la viure en Reine, & mourez en Amant;
Ouy, ouy, c'est pour vous seul que la tombe est ouuerte;
Gardez de l'engager dans vostre triste perte;
Mourez plustost cent fois, mais mourez inconnu;
Sans luy faire sçauoir que vous soyez venu;
Ainsi le veut le sort, dont la force est extréme,
Ainsi le voulons-nous, & l'Amour, & moy-mesme.

OLIMBRE.

A se desesperer, vostre esprit est trop prompt:
Allons chercher encor le Prince Thrasimond;
Vous sçauez que l'amour luy fait sentir sa flame,
Et que la ieune Eudoxe a pouuoir sur son ame;
Vous sçauez que ce Prince a beaucoup de vertu;
Luy seul peut releuer vostre esprit abatu;
Luy seul peut s'opposer au dessein de son pere;
Et nous rendre à la fin la fortune prospere.

VRSACE.

Allons, mais souuiens-toy s'il arriue vn mal-heur,
Que ta voix seulement arresta ma valeur.

OLIMBRE.

I'oy du bruit, passons viste.

SCENE II.

L'IMPERATRICE, PLACIDIE, EVDOXE.

L'IMPERATRICE.

AInsi quoy qu'il arriue,
Si le corps est captif, l'ame n'est point captiue;
Sa liberté natale est vn riche Thresor,
Que mesme dans les fers, elle conserue encor;
Et que tous les Tyrans, auec leur insolence,
N'ont iamais pû soumettre à tant de violence.
Ils peuuent renuerser des Empires entiers;
En arracher le sceptre aux iustes heritiers;
Sur la teste des Roys, par vn orgueil extréme,
Marcher en s'esleuant iusqu'à leur Throsne mesme:
Mais encor que leur vice en paroisse vainqueur,
Ils ne sçauroient forcer la liberté du cœur.
Cette place est trop forte, & de trop d'importance;
On ne la prend iamais que par intelligence;
Contre elle aucun effort n'a iamais reüssi,
Et quand elle est surprise, elle veut l'estre aussi.
En vain de Genseric, la force, & la fortune,
Taschent de soustenir l'amour qui m'importune;

En vain sa cruauté me retient en prison;
En vain il m'interdit le fer & le poison;
En vain tant de mal-heurs secondent son enuie;
Ie sortiray de tout, en sortant de la vie.
Vous qui tenez le iour, & du ciel, & de moy;
Si ie le perds icy par la fureur d'vn Roy,
Apprenez à combattre auec les destinées,
Et n'oubliez iamais ce que vous estes nées:
Tesmoignez au tyran qui regne en cette cour,
Qu'on vous mit dans la pourpre, en vous mettant au iour,
Et malgré la rigueur du ioug qui vous oppresse,
Que vous estes du sang des Empereurs de Grece:
Et qu'enfin vostre pere obtint du genre humain,
Et le nom de Cesar, & l'Empire Romain.

PLACIDIE.

Que vostre majesté, s'il luy plaist, se console;
Cette vertu sublime, apprise en son escole,
Ne permettra iamais à nos ieunes esprits
De la perdre de veuë, au sentier qu'elle a pris.

EVDOXE.

Ouy nous voulons l'aymer, ouy, nous la voulons suiure,
Et soit que vostre cœur veüille mourir ou viure,
Qu'il conserue la vie, ou qu'il coure au trespas,
Madame, asseurez vous que nous suiurons vos pas.

L'IMPERATRICE.

Ha! le voicy venir, cét importun Vandale.

SCENE III.

GENSERIC, ASPAR, L'IMPERATRICE, PLACIDIE, EVDOXE.

GENSERIC.

Prés vne amitié qui n'eut iamais d'esgale,
Apres auoir passé des mers pour vous vanger,
Et vaincu pour cela tout vn peuple estranger;
Auoir couru si loin de ma natale terre;
Armé tant de vaisseaux, & tant de gens de guerre;
Fait punir l'assassin de vostre cher espoux,
Seulement pour vous plaire, & pour l'amour de vous:
Mais tout cela n'est rien, non ce n'est rien, Madame;
Mais aprés que l'amour vous a donné mon ame;
Aprés mille deuoirs rendus à vos beautez,
Les armer contre moy de mille cruautez,
Par elles chaque iour attenter à la vie
De celuy qui vous sert, & qui vous a seruie,

Ha! Madame, c'est trop; & vostre iugement,
En cette occasion s'esgare asseurément:
De quels profonds respects ne vous ay-ie honorée?
N'estes-vous pas seruie, ou plustost adorée?
Ne commandez-vous pas en ces lieux plus que moy?
Ne suy-ie pas l'esclaue, encor que ie sois Roy?
Et moy qui fais trembler, & l'Europe, & l'Affrique,
N'ay-ie pas trop souffert, vostre humeur tyrannique,
N'ay-ie pas enduré sans oser murmurer,
Ce qu'vn simple sujet ne pourroit endurer?
Enfin tant de mespris & tant d'ingratitude,
Vn orgueil si constant, vn traitement si rude,
Vn esprit inflexible, vn cœur sans amitié,
Vn cœur qui ne connoit, ny raison, ny pitié,
Forcent ma patience, au milieu de mes larmes
De se desesperer, & de prendre les armes.
Elle les prend Madame, & dans l'extremité,
Ou vous auez reduit mon courage irrité,
Tout ce que ie puis faire en l'estat où nous sommes,
En presence du ciel, en presence des hommes,
C'est de vous protester pour la derniere fois,
Que si vostre rigueur, n'est sensible à ma voix;
Si vous ne vous portez à m'estre moins cruelle;
Si vous ne receuez vne ardeur mutuelle;
Si vous ne receuez vn sceptre tant offert;
Ie vaincray par la force, vn orgueil qui me perd:
Madame songez-y, sans tarder d'auantage,
Car ie suis Genseric, & ie suis à Carthage.

L'IMPERATRICE.

Seigneur auec raison ce discours me surprend:
Ie ne l'attendois pas d'vn Monarque si grand:
Ie sçay qu'il est certain que vous m'auez seruie,
Et ie m'en souuiendray le reste de ma vie:
Mais tenant ce seruice, & si grand & si cher,
Il n'estoit pas besoin de me le reprocher.
Et moins encor seigneur estoit-il raisonnable,
De me faire vn discours qui n'est pas pardonnable,
Qui vous offence plus, qu'il ne peut m'offencer,
Puis qu'vn Prince bien nay, n'y peut iamais penser.
Ie ne le puis souffrir, ny m'imposer silence;
Non, ie ne puis souffrir ce mot de violence;
Il choque mon honneur, il fait tort à mon sang,
Et ne se doit point dire, à celles de mon rang.
Oubliez-vous seigneur, que cette infortunée
Deux fois Imperatrice, & deux fois couronnée,
A tenu si long-temps le sceptre dans sa main,
Compagne d'vn Cesar, d'vn Empereur Romain,
Et que ie suis enfin pour ne dire autre chose,
Fille d'Athenais, fille de Theodose?
Et qu'on a veu souuent, mon Pere, & mon espoux,
Paroistre sur le Throsne, & des Roys à genoux.
Ha seigneur, parlez mieux, & rentrez en vous
mesme;
Les Princes peuuent perdre, & sceptre, & Dia-
deme,

C'est vn renuersement que l'on a veu cent fois,
Et qu'on peut voir encor; mais ils sont tousiours Roys.
Ne vous suffit-il pas de me tenir captiue?
De me faire languir sur vne estrange riue?
Et loin des bords du Tibre, où i'ay regné long-temps,
Empescher le secours de la mort que i'attends?
Voulez-vous m'offencer, voulez-vous qu'on vous blasme.
Voulez-vous que les fers, opriment iusqu'à l'ame?
Voulez-vous me contraindre à cherir auiourd'huy,
L'autheur de ma prison, l'autheur de mon ennuy?
Qu'à d'iniustes desirs, ie deuienne sensible?
Ha Seigneur c'est vouloir vne chose impossible;
C'est ce qui ne peut estre, & croyez desormais,
Que cette volonté ne me prendra iamais.
En l'estat où ie suis, en l'estat où vous estes,
Beaucoup accepteroient l'offre que vous me faites,
Beaucoup ayant prié, vous auroient entendu,
Afin de remonter sur vn Throsne perdu:
Mais tant de maux souffers, m'ont bien osté l'enuie,
Et du Throsne, & du sceptre, & mesme de la vie:
Tout m'est indifferend, ou pour dire encor mieux,
Tout m'est insupportable, & tout m'est odieux:
Il n'est grandeur Royalle, il n'est rang, ny puissance,
Honneur, respect, deuoir, seruice, obeïssance,
Amour, contentement, felicité, plaisir,
Qui puisse me toucher de l'ombre d'vn desir.

Vn chagrin eternel, par vne vapeur noire,
M'enueloppe les ſens, l'eſprit, & la memoire,
Et me rendant ſtupide aux objets les plus beaux,
Fait errer cét eſprit, à l'entour des tombeaux:
C'eſt là qu'eſt tout mon bien, c'eſt là que ie veux eſtre,
Donc ſi dans voſtre cœur, quelque pitié peut naiſtre;
Si les mal-heurs d'autruy, vous peuuent eſmouuoir;
Si i'ay quelque credit, ſi i'ay quelque pouuoir;
Si la raiſon encor ne vous eſt ennemie;
Permettez que ie meure, au moins ſans infamie;
Et qu'vn noble treſpas arreſte le deſſein,
Qu'vne iniuſte fureur, vous a mis dans le ſein.
Ie vous coniure donc, par Rome ſurmontée,
Par ce haut rang de gloire, où la voſtre eſt montée,
Par les fameux lauriers, qui vous ceignent le front,
Par ce bras genereux, ſi vaillant & ſi prompt,
Par le tiltre de Roy, par l'honneur, par vous meſme,
De poignarder ce cœur, ſans vouloir qu'il vous ayme.

GENSERIC.

Comment, vous preferez la mort à mon amour!
Vous me haïſſez plus, que vous n'aymez le iour!
Et voſtre œil qui s'obſtine à ſa rigueur premiere,
Pour perdre mon objet, veut perdre la lumiere:
Qui cauſe le meſpris, que vous auez pour moy?
Sont-ce les qualitez, & d'Amant & de Roy?
Et dans les ſentimens que voſtre orgueil vous donne,
Eſt-ce trop peu pour vous, que porter la couronne?

Que

Que faut-il estre, vn Dieu, pour pouuoir meriter?
D'aimer sans vous desplaire, & sans vous irriter?
Non, ce n'est point l'objet que ce cœur se propose:
Et son orgueil n'a pas vne si noble cause;
Son sentiment est bas, honteux, seruile, abjet;
Et mesprisant les Roys, il adore vn sujet:
Le souuenir d'Vrsace, occupé sa pensée;
C'est ce fantome heureux, qui vous rend insensée;
C'est luy qui me destruit, qui me fait rebuter,
Et qui sort du tombeau, pour me persecuter.
Ennemy de mon bien, obstacle de ma ioye,
Fantosme, prend vn corps, afin que ie te voye,
Ne sois plus inuisible, en me persecutant,
Viens icy, monstre-toy, ta maistresse t'attend.

L'IMPERATRICE.

Ny mon cœur n'est point bas, ny ma vertu douteuse,
On doit cacher sa flame, alors qu'elle est honteuse:
Mais lors qu'on est bruslé d'vn feu si pur, si beau,
D'vn feu qui se conserue, au milieu du tombeau;
L'ame la plus parfaite, & la plus estimée,
Peut dire hautement, qu'elle en est enflamée.
Ie ne le cele point, i'aime son souuenir:
La memoire d'Vrsace en moy ne peut finir;
Il eut tant de vertus, il les posseda telles,
Qu'il est iuste apres luy de les rendre immortelles;
I'en veux tousiours parler, c'est l'vnique moyen;

GENSERIC.

Mais ce n'estoit pourtant, qu'vn simple citoyen.

L'IMPERATRICE.

Non, mais ces citoyens ont conquesté la terre;
Et portant en tous lieux, la frayeur & la guerre,
On les a veus souuent, fauorisez de Mars,
Traisner des Roys captifs, attachez à leurs Chars.

GENSERIC.

Ha i'empescheray bien que ce mal-heur n'arriue!

L'IMPERATRICE.

Vne autre fois pourtant, Carthage fut captiue:

GENSERIC.

Mais le sort est changé, Rome l'est à son tour:

L'IMPERATRICE.

Et Rome peut encor, se reuoir Rome vn iour.

GENSERIC.

Quoy vous me menacez!

L'IMPERATRICE.

Ie repousse vn outrage;

GENSERIC.

I'ay beaucoup de pouuoir;

L'IMPERATRICE.

I'ay beaucoup de courage.

GENSERIC.

Craignez, craignez vn Roy, que vous mettez si bas:

L'IMPERATRICE.

Ie ne crainds que le Ciel, que ie n'offence pas.

GENSERIC.

Enfin vostre rigueur est tousiours obstinée.

L'IMPERATRICE.

Ie veux mourir en Reine, ainsi que i'y suis née.

GENSERIC.

Prenez vn bon conseil,

L'IMPERATRICE.

Le conseil en est pris,
Et ie n'ay pas vn cœur, à souffrir le mespris.

GENSERIC.

Enfin c'est trop souffrir cét orgueil qui me braue:
C'est trop faire le foible, & trop faire l'esclaue;

L'excez d'humilité ne ſied pas bien aux Roys,
Et le vainqueur tout ſeul, doit impoſer [illegible] loix.
Ville, que les Romains ont iadis ſaccagée,
Rome ſera punie, & Carthage vangée;
Et comme ſes remparts n'ont pû nous reſiſter,
Ie vaincray cét orgueil, difficile à dompter.
I'entre dans le iardin: ſi deuant que i'en ſorte,
Vous ne vous reſoluez à parler d'autre ſorte;
Sçachez (pour me payer d'vn temps ſi mal vſé)
Que la force obtiendra, ce qu'on m'a refuſé,
Ie vous le dis encor, ſongez-y donc Madame.

L'IMPERATRICE.

O Ciel! en quel eſtat reduiſez-vous mon ame?
Quoy, faut-il que i'endure vn ſi ſenſible affront?
I'en ay la mort au ſein, & la rougeur au front.
A moy tant d'inſolence, à moy tant de menaces!
A moy qui tiens le iour de ces illuſtres races,
A qui toute la terre obeït ſi long-temps!
A moy faire auiourd'huy le diſcours que i'entends!
Moy, me traiter d'eſclaue, ô fortune ennemie,
Comble moy de mal-heurs, mais non pas d'infamie:
Ie perds auec le Throſne, & repos, & bon-heur,
Bref, tu m'as tout raui, mais laiſſe moy l'honneur.
Ie ne demande point que ma diſgrace ceſſe;
Ie ne veux ſeulement que mourir en Princeſſe;
Ie ne veux ſeulement qu'arreſter par ma mort,
L'amour de ce Barbare, & ſon Barbare effort.

Helas que dois-tu faire Eudoxe infortunée,
Parmy tant de mal-heurs où l'on t'a condamnée?
Quel conseil dois-tu prendre en cette extrémité?
Quel asile te reste, & quelle seureté?
Et comment vaincre icy la rage frenetique
D'vn monstre qui commande aux monstres de l'Afrique?
D'vn monstre si cruel, d'vn monstre si brutal!
Helas tout m'est contraire, helas tout m'est fatal!
L'esperance en ce iour, de tout point m'est rauie:
Ie pers mesme l'espoir, de perdre enfin la vie,
Parmy tant de douleurs, ne pouuant expirer,
Ie croy souffrir vn mal, qui doit tousiours durer;
Ouy ouy cruel destin, dans ma triste aduanture,
Changez l'ordre estably, renuersez la nature;
Et comme c'est la mort qui me peut secourir,
Venez rendre immortel, vn cœur qui veut mourir.

PLACIDIE.

Hé Madame,

EVDOXE.

Calmez ces pensers qui vous troublent:

L'IMPERATRICE.

Mes filles, c'est pour vous que mes douleurs redoublent:
Et mon esprit sensible à la iuste amitié,
S'il a beaucoup de peur, n'a pas moins de pitié.

Car ſi pour mon bon-heur la Parque nous ſepare,
Vous reſtez apres moy dans les mains d'vn barbare,
A qui tout eſt permis, & qui fait tout auſſi;
Et ie mourray deux fois, ſi vous mourez icy.
Ciel eſcoute la voix, que ie pouſſe pour elles;
Arreſte apres ma mort, leurs diſgraces cruelles;
Mais ſi ce fier Tyran eſt encor forcené,
Ciel, priue les du iour que ie leur ay donné:
Helas, de quel mal-heur ma fortune eſt ſuiuie,
De ſouhaiter leur mort, ayant cauſé leur vie.
Où ſera mon refuge, où ſera mon recours?
La terre eſt impuiſſante, & les cieux sẽblent ſourds.
O toy pour me tirer d'vne triſte aduanture,
Vrſace, cher Vrſace, ouure ta ſepulture;
Ouure la cher eſprit, ſi i'ay quelque pouuoir;
Sors pour me deliurer, & pour me receuoir;
Et puiſque mon deſtin eſt proche de ſon terme,
Que ta main m'y conduiſe, & qu'elle la referme.
Vois ſi i'ay conſerué ma conſtance & ma foy;
Conſidere les maux, que ie ſouffre pour toy;
Iuge ſi ton Eudoxe eſt volage ou fidelle;
Si ſon cœur meritoit les ſoins que tu pris d'elle,
S'il conſerue vn objet, & ſi cher & ſi beau;
Et s'il eſtime vn throſne au prix de ton tombeau.
Mais ie diſcours en l'air, & mon eſprit s'égare,
On ne peut reünir ce que la mort ſepare,
Les morts n'entẽdent plus, ny ſoupirs, ny clameurs,
Vrſace ne vit plus, meurs donc Eudoxe, meurs.

SCENE IV.

L'IMPERATRICE, THRASIMOND, PLACIDIE, EVDOXE.

L'IMPERATRICE.

HA Seigneur! c'est icy qu'vne vertu si haute,
Doit contredire vn pere, & reparer sa faute:
C'est icy qu'vn esprit, si grand, & genereux,
Peut arrester le cours de mon sort mal-heureux.
Ie ne demande point que suiuant ma colere,
Vostre bras irrité, s'arme contre son Pere.
Au contraire Seigneur, ie demande aujourd'huy,
Que vous sauuiez sa gloire, & combatiez pour luy.
Empeschez par ma mort qu'il ne se deshonnore:
Il est encore temps, vous le pouuez encore,
En me priuant du iour, Seigneur, vous le pouuez,
Ou pour mieux dire encor, Seigneur, vous le deuez.
Voudriez vous espouser la fille d'vne femme,
Qu'vn Prince violent, auroit rendue infame?
Ha, Seigneur vostre rang ne vous le permet pas:
Vostre honneur, & le mien demandent mon trespas:
Il y va de ma gloire, il y va de la vostre,
Et de celle d'vn Roy, si contraire à la nostre:

Donnez donc vn trespas, & si cher ; & si doux,
Ou si tant d'amitié, que vous auez pour nous,
Mal-gré tant de mal-heurs, n'apreuue point l'en-
uie,
Que i'ay de les finir, en finissant ma vie,
Et que l'amour d'Eudoxe, en ioignant vos esprits,
Ne puisse consentir au dessein que i'ay pris:
Taschez donc d'arracher de cét esprit sauuage,
Vn dessein qui me perd, vn dessein qui m'outrage,
Et qui (s'il dure encor) mettra certainement,
Ces Princesses & moy, dans vn seul monument:
Ie vous coniure icy.....

THRASIMOND.

Que faites-vous Madame ?

L'IMPERATRICE.

Par l'honneur, par l'amour, par vostre belle flame,
Par celle qui vous aime, & que vous aimez tant,
De nous rendre aujourd'huy ce seruice important.

PLACIDIE.

Ha, Seigneur, sauuez-nous,

THRASIMOND.

Vous me comblez de honte,

EVDOXE.

Seigneur,

THRASIMOND.

THRASIMOND.

O Dieu ie meurs,

EVDOXE.

Si l'amour qui me dompte,
Genereux Thrasimōd, vous touche au mesme point,
Ne l'abandonnez pas, ne m'abandonnez point.

THRASIMOND.

Moy vous abandonner! ha dans cette aduanture,
Ie ne balance point l'amour & la nature;
Ie ne connois que trop l'iniustice du Roy,
Et pour sa propre gloire, & pour vous, & pour moy:
Madame, asseurez-vous que cét iniuste pere,
Se laissera flechir, ainsi que ie l'espere,
Ou qu'il verra ce cœur, d'espoir abandonné,
Rendre à ses cruautez le sang qu'il m'a donné:
Ie m'en vay le trouuer:

L'IMPERATRICE.

Ce n'est pas mon enuie:

THRASIMOND.

Et ie garderay mieux vostre honneur que ma vie.

L'IMPERATRICE.

Me le promettez-vous?

THRASIMOND.

Ouy, ie vous le promets;
Et si ie ne le fay, ne m'estimez iamais.

Fin du second Acte.

ACTE III.

GENSERIC, THRASIMOND, ASPAR, OLIMBRE, VRSACE, OLICHARSIS, EVDOXE, PLACIDIE, L'IMPERATRICE, TALERBAL, TROVPE DE GARDES.

SCENE PREMIERE.

GENSERIC, THRASIMOND, ASPAR.

THRASIMOND.

Eigneur, ma liberté vous doit sembler estrange:
Aussi vostre œil s'irrite, & vostre teint se change;
Et ie m'aperçoy bien que ce que ie vous dy,
Quoy que iuste en effet, vous semble trop hardy.
Mais quelque trouble enfin, qui sur ce front s'esleue,
Me deust-il foudroyer, si faut-il que i'acheue,

Et pour vostre interest, autant que pour le mien,
Puisque i'ay commencé, que ie ne cele rien.
Certains esprits Seigneur, que l'interest anime,
Certains esprits meschans, qui viuent de leur crime,
Connoissant vostre humeur, connoissant sa bonté,
Vsent insolemment de sa facilité,
Disent tout, osent tout, voyant qu'on leur pardonne;
Et donnent des conseils dignes de qui les donne.
Mais ces pestes d'estat, si l'on souffre leur voix,
Ayant perdu l'honneur, perdent apres les Roys.
Ces lasches, ces flateurs, ces ames mercenaires,
Parmy les trahisons, qui leur sont ordinaires,
N'en ont point de plus grande, & plus à redouter,
Pour l'honneur de celuy qui les daigne escouter,
Que celle qui conduit sa raison aueuglée,
Dans les cruels transports d'vne amour dereglée:
Ces infames esprits, par ce mauuais conseil,
Impriment vne tache aux rayons d'vn soleil,
Que ne sçauroit cacher leur malice profonde,
Car les vices des Roys, sont veus de tout le monde.
Leurs feux les plus cachez, sont tousiours descouuers;
Ha Seigneur, ha Seigneur, que dira l'vniuers,
Luy qui vous connoist tant, luy qui vous considere,
Lors qu'il sçaura l'erreur qu'on vous oblige à faire?
Faut-il que Genseric, cét illustre vainqueur,
Qui s'est faict vn estat, aussi grand que son cœur,
Et dont l'illustre cœur, est plus grand que la terre,
Ternisse dans la paix, l'honneur acquis en guerre?

Et que les bords de Calpe, & ceux d'Abile aussi,
Sçachent que leur vainqueur, se deshonore icy?
Faut-il qu'on vous reproche, ayant vaincu l'Affrique,
Que la foy d'vn Vandale, est vne foy punique?
Car en cette action, Seigneur, vous tesmoignez,
Que vous prenez l'humeur, des lieux où vous regnez.
Vne Reine en ses maux, vous appelle à son ayde;
Vous luy donnez la mort, en suitte du remede;
Vous ne la deliurez, que pour la captiuer;
Enfin vous la perdez au lieu de la sauuer:
Vous la persecutez d'vne amour qui la fache;
Et tout cela Seigneur, par le conseil d'vn lache.
Mais si ce grand esprit, que vous tenez des Cieux,
En cette occasion vouloit ouurir les yeux,
Et considerer bien ce qu'il veut entreprendre,
Bien loin de l'attaquer, il voudroit la deffendre,
Et pour la satisfaire, apres vn si grand tort,
Condamneroit luy-mesme vn perfide à la mort.
C'est à quoy la raison, par ma voix vous exorte,
Et si cette raison n'est encore assez forte,
C'est à quoy vostre hõneur, vous oblige auiourd'huy;
Ne faites rien pour moy, mais faites tout pour luy;
Sauuez l'Imperatrice, en sauuant vostre gloire;
Emportez sur vous mesme, vne illustre victoire;
Et s'il faut appaiser vostre esprit irrité,
Ma teste respondra de ma temerité.

GENSERIC.

Qu'est-cecy Thrasimond? qui porte vostre langue,
A me faire auiourd'huy cette belle harangue?
Auez-vous oublié que ie suis vostre Roy,
Et perdu le respect, qu'on doit auoir pour moy?
Et depuis quand mon fils, la diuine largesse,
Vous a t'elle donné cette haute sagesse,
Qui s'ingere en ce lieu, de conseiller les Roys,
Et qui veut maintenant, leur prescrire des loix?
Depuis quand (s'il vous plaist) s'est fait ce beau miracle
Qui d'vn ieune estourdy nous a fait vn oracle,
Qui predit l'auenir, qui blasme ma rigueur,
Qui voit tous mes dessains, & qui lit dans mon cœur?
Vrayment cette aduanture est si rare & si belle,
Qu'il faut que tout le monde entende parler d'elle;
Et vous m'obligerez, en m'apprenant aussi,
Qui vous a commandé, de me parler ainsi.
Respondez (s'il vous plaist) mon censeur & mon maistre;
Est-ce à vous à iuger, est-ce à vous à connoistre,
Et de tous mes pensers, & de tous mes dessains,
Et le ciel a-t'il mis mon sort entre vos mains?
Dequoy vous meslez-vous, sage & grand habile homme?
Auez-vous pris en main les interests de Rome?

Pretendez-vous passer pour son liberateur,
Et disputer de gloire auec son fondateur?
Voulez-vous releuer la cheute de l'Empire,
Ou vous mettre vous mesme en vn estat bien pire?
Allez ieune insolent, allez, ne parlez plus;
Ou i'arresteray bien ces discours superflus;
Et ie vous feray voir (moy qui vous peux destruire)
Que ce n'est point à vous, à vous mesler d'instruire.

THRASIMOND.

Seigneur ie n'instruis point, mais la raison instruit
Auec beaucoup d'ardeur, quoy qu'auec peu de fruict.

GENSERIC.

Quoy vous me repliquez!

THRASIMOND.

C'est elle qui replique.

GENSERIC.

C'est vous qui m'offencez.

THRASIMOND.

C'est elle qui s'explique.

GENSERIC.

Vous perdez le respect que vous deuez auoir.

THRASIMOND.

Ie ſonge à voſtre gloire, & ie fais mon deuoir.

GENSERIC.

Vous n'apprehendez point ma colere irritée.

THRASIMOND.

On doit l'apprehender, quand on l'a meritée.

GENSERIC.

Et par cette raiſon, craignez la deſormais.

THRASIMOND.

Et par cette raiſon, ie ne craindray iamais.

GENSERIC.

Vous, cenſurer vn Roy que tout le monde eſtime!

THRASIMOND.

Ie n'attaque en parlant, que l'autheur de ſon crime.

ASPAR.

Ha Seigneur ce diſcours ſemble eſtre dit à moy,
Mais voſtre Alteſſe a tort...

THRASIMOND.

Ouy traiſtre c'eſt à toy.

Eſclaue

Esclaue mercenaire, à toy flateur du vice,
C'est à toy que i'en veux, & qu'en veut la iustice;
Et n'estoit le respect que ie porte à mon Roy,
Tu sentirois bien mieux qu'elle n'en veut qu'à toy.

GENSERIC.

Ha, c'est trop endurer vne telle insolence,
Croyez que ie sçauray vous imposer silence;
Et qu'vn iuste courroux vous sçaura mettre en lieu,
Pour apprendre à parler à vostre pere, à Dieu.

THRASIMOND.

Pere fier & cruel, & cruelle aduanture;
Sentimens de respect, que donne la nature,
Sentimens de colere, & d'honneur, & d'amour,
Helas, que dois-ie faire en ce funeste iour?
A qui dois-ie de vous, abandonner mon ame?
Mais qui puis-ie de vous abandonner sans blasme?
Tous, tous esgalement, occupez mon penser,
Et tous m'estes des Dieux que i'ay peur d'offencer.
Icy nature parle, icy l'Amour s'oppose;
Icy l'vne destruit, ce que l'autre propose;
Ie voudrois obeïr, ie voudrois me vanger;
Ie voudrois .... que voudrois-ie en vn si grād dāger?
Ie ne sçay que vouloir, ie ne sçay que resoudre;
Partout esgalement, i'entends gronder la foudre;
Tout dessain me fait peur, tout conseil m'est suspect;
Et ie suy tour à tour, l'Amour & le respect.

O ſupplice cruel, dont mon ame eſt geſnée!
Mais c'eſt trop balancer, ma parole eſt donnée,
Puiſque ie l'ay promis, il la faut ſecourir;
Sauuons l'Imperatrice, & puis allons mourir:
L'Amour le veut ainſi, la vertu nous l'ordonne;
Suiuons ſans repugnance, vn conſeil qu'elle donne;
Nature doit ceder, elle a moins de pouuoir,
Et tout cede auec elle, à ce premier deuoir.

SCENE II.

THRASIMOND, OLIMBRE, VRSAGE.

THRASIMOND.

EST-ce vous cher Olimbre, eſtes vous à Carthage?
Parmy tant de mal-heurs, ay-je cét aduantage
De pouuoir partager mes deſſains entre nous?
Eſt-ce vous cher amy, cher Olimbre eſt-ce vous?

OLIMBRE.

Ouy Seigneur c'eſt Olimbre, ou pour mieux dire encore,
C'eſt vn cœur qui vous ayme, vn cœur qui vous honore,

Et qui tesmoignera, quelques maux qu'il ait eus,
Qu'il connoïst son deuoir, ainsi que vos vertus.

THRASIMOND.

Ha que ie suis content, de vous voir en Affrique,
Mais auant que mon cœur, & vous parle, & s'explique,
Il faut qu'auecques vous ie me pleigne du sort,
Qui nous rauit Vrsace;

VRSACE.

Vrsace n'est pas mort,
Vrsace vit encor incomparable Prince:
Ouy le voicy viuant, & dans vostre Prouince:
Le voicy cet Vrsace, encore trop heureux,
Puis qu'il n'est pas hay, d'vn cœur si genereux.

THRASIMOND.

O plaisir sans esgal!

VRSACE.

Ouy Seigneur, cét Vrsace,
Deuroit perdre le iour, & vostre bonne grace,
S'il vouloit vous cacher, qu'il est encore icy;
Il a deu vous le dire, il vous le dit aussi,
Enfin vous le voyez, & son ame est rauie,
De vous abandonner, son honneur, & sa vie;
Il ne vous cache point, ce qu'il cachoit à tous,
Il craint tout en ces lieux, mais il s'assure en vous.

THRASIMOND.

Il le peût, il le peut, & ie veux qu'il le voye;
Vrsace, Olimbre, amis, vous me comblez de ioye;

OLIMBRE.

Que veut Olicharsis?

SCENE III.

OLICHARSIS, THRASIMOND, VRSACE, OLIMBRE.

OLICHARSIS.

Ie viens vous aduertir,
Qu'on a quelque dessain, que le Roy va sortir;
Que dans son antichambre on assemble ses gardes;
Qu'Aspar est au milieu de trente halebardes;
Qu'il a parlé long-temps, à l'oreille du Roy;
Et que ce procedé me donne de l'effroy;
Ie connois la malice, & l'humeur de ce traistre;
Et comme moy Seigneur, vous le deuez connaistre;
Ie n'ay rien leu de bon, en son farouche aspect;
Et ce qui vient de luy nous doit estre suspect.

THRASIMOND.

Dieu! que deuons nous faire? en quel trouble est mon ame!

VRSACE.

Me permettre Seigneur, d'attaquer cét infame:
De luy mettre à l'instant vn poignard dans le sein,
Et d'arrester par là son coupable dessain.
Il est iuste, il le faut, souffrez-le ie vous prie:
C'est le plus doux moyen, qu'inspire ma furie;
C'est le plus doux moyen que nous puißions choisir,
Et dans vn mal si grand, & dans mon desplaisir.
Ie sçay qu'vn nom de Roy s'oppose à ma colere,
Et pour l'amour du fils, ce que ie dois au pere:
Mais dans l'extremité, des maux où ie me voy,
Ie perds le souuenir de tout ce que ie doy.
Seigneur, ie ne sçaurois vous cacher ma pensée;
Mon cœur est enragé, mon ame est insensée;
Ie dois vaincre ou mourir, & ce cœur s'y resout;
Enfin mon desespoir est capable de tout.
Il faut, il faut me perdre, il faut que ie perisse,
Il s'agit de l'honneur, & de l'Imperatrice;
Bref il s'agit de tout; & dans ce desespoir,
Ie ne balance point, ie connois mon deuoir;
Tant qu'Vrsace viura, sa force & son courage
S'opposeront tousiours à cette iniuste rage;

Il ne ſouffrira point, que l'on traite auiourd'huy
Sa Maiſtreſſe en eſclaue, & meſme deuant luy.
Il ne ſouffrira point que la rage ennemie
A tant de maux ſouffers, adiouſte l'infamie;
Il ne ſouffrira point; non il ne peut ſouffrir,
Quelque obſtacle en ce iour que le ſort puiſſe offrir;
Qu'on force .... à ce ſeul mot ma triſteſſe redouble;
L'horreur de ce penſer, me confond, & me trouble;
Ie ne puis acheuer vn ſi triſte diſcours;
Ie ſents que mon treſpas en arreſte le cours;
L'excez de la douleur a trop de violence,
Et la main de la mort vient m'impoſer ſilence:
Ie ſuccombe, ie meurs, mais gardons de mourir;
Il n'eſt pas temps encor, il la faut ſecourir;
Il faut faire vn effort, pour ſouffrir & pour viure;
La raiſon veut qu'on viue, afin qu'on la deliure;
Elle l'ordonne ainſi, quoy qu'il puiſſe arriuer;
Et l'Amour veut qu'on meure, afin de la ſauuer.
Faiſons donc l'vn & l'autre; ô Prince magnanime!
Ie ſçay que voſtre eſprit eſt ennemy du crime,
Souffrez donc que mon bras ſignalle icy ma foy,
Il n'en veut qu'au meſchant qui conſeille le Roy.

THRASIMOND.

I'appreuue vne douleur, & ſi iuſte, & ſi forte,
Mais non pas le deſſain où la douleur vous porte.
Sans doute il vous perdroit, veüillez donc le changer;
C'eſt moy qui le puis faire auec moins de danger;

Car ie ne pense pas, que pour la mort d'vn traistre,
Le Roy puisse oublier que luy seul m'a fait naistre.
Ainsi quoy qu'il arriue il faut qu'au mesme instant
I'aille perdre celuy qui nous afflige tant:
Sa mort arrestera ce dessain si funeste,
Enfin faisons cela, le ciel fera le reste.

OLIMBRE.

Mon cœur pour vostre Altesse, a pourtant de l'effroy:
Ne vaudroit-il point mieux me presenter au Roy?
Vous sçauez que ce Prince a pour moy quelque estime,
Peut-estre que ma voix arrestera son crime;
Les moyens les plus doux sont les plus asseurez:

VRSACE.

Mais ils ne valent rien aux maux desesperez:
Qu'on laisse agir mon bras, puis qu'il le peut encore:

THRASIMOND.

Il est vray que le Roy vous ayme, & vous honore,
Mais en l'estat qu'il est, mais en cette saison,
Il n'escouteroit plus amitié ny raison.

VRSACE.

Laissez moy donc aller,

THRASIMOND.

Non, demeurez Vrsace:

VRSACE.

Que ie perde vn meschant,

THRASIMOND.

Il faut que ie le face:

VRSACE.

Pourquoy vous exposer?

THRASIMOND.

Pourquoy vous perdre icy?

VRSACE.

Ha! Seigneur ie le dois,

THRASIMOND.

Et ie le dois aussi.

VRSACE.

Au nom de la vertu contentez mon enuie:

THRASIMOND.

Au nom de l'amitié conseruez vostre vie.

VRSACE.

Vous me desesperez, Prince trop genereux:

THRASIMOND.

THRASIMOND.

Et vous nous voulez rẽdre encor plus mal-heureux.

VRSACE.

Ie vous coniure icy, par ce cœur franc de vice...

THRASIMOND.

Et moy par le deuoir, & par l'Imperatrice.
Contestez-vous encor? & cét Auguste nom,
Sera-t'il sans pouuoir au cœur d'Vrsace?

VRSACE.

Non
Il peut tout sur mon cœur, il peut tout dans mon ame,
Mais cette obeïssance, est bien digne de blasme.

THRASIMOND.

Tout l'vniuers connoist vostre cœur sans esgal,
Allez-moy donc attendre au Palais d'Hannibal.
Vous, commandez aux miens de se rendre à la porte,
Afin qu'apres le coup, ils me seruent d'escorte,
Pour tascher d'esuiter la colere du Roy:

VRSACE.

Non, non, ie vous suiuray.

THRASIMOND.

I'oy du bruit, laissez-moy.

SCENE IV.

GENSERIC, ASPAR, TROVPE DE GARDES.

GENSERIC.

AVez-vous mis ma garde à l'entour de la place?
Auez-vous commandé que personne ne passe?
Et que si Thrasimond ose s'y presenter,
Que sans aucun respect on le face arrester?

ASPAR.

Ouy Seigneur ie l'ay dit, & la place est gardée:

GENSERIC.

Ouurez donc cette porte.

ASPAR.

Elle est barricadée;
On ne sçauroit l'ouurir, & le passe par tout,
Auec tout mon effort, n'en peut venir à bout.

GENSERIC.

Quoy ie suis à Carthage, & n'y suis pas le maistre!
Orgueilleuse beauté, ie vous feray connoistre,

Apres tant de ſoupirs, de pleintes & de vœux,
Qu'on ne peut s'oppoſer à tout ce que ie veux.
Frapez.

ASPAR.

Cette victoire eſt ſans doute aſſeurée.

SCENE V.

EVDOXE, PLACIDIE, GENSERIC, ASPAR, TROVPE DE GARDES.

EVDOXE.

SEigneur, l'Imperatrice eſt deſia retirée,
On ne ſçauroit la voir : que voſtre Majeſté
Excuſe s'il luy plaiſt, cette inciuilité.

GENSERIC.

Vn deſſain important veut que ie l'entretienne,
Qu'on ouure.

PLACIDIE.

Helas Seigneur, que l'honneur vous retienne.

EVDOXE.

Conſiderez ſon rang.

PLACIDIE.

Songez à ses mal-heurs.

EVDOXE.

Et n'entreprenez point d'augmenter ses douleurs.

GENSERIC.

Ouurez, ouurez, Aspar, icy la force est bonne.

SCENE VI.

L'IMPERATRICE, GENSERIC, ASPAR, TROVPE DE GARDES.

L'IMPERATRICE.

ARrestez Genseric, c'est moy qui vous l'ordonne:
Enfin c'est trop souffrir, enfin c'est trop flatter,
Et vous me reduisez aux termes d'esclatter.
Icy le desespoir met la crainte en arriere,
Et le commandement succede à la priere.
Ouy ie vous le commande, & i'en ay le pouuoir.
Auez-vous oublié quel est vostre deuoir?
Que tous Roys sont vassaux de la grandeur Romaine,
En qu'vn illustre sang, m'en rendit souueraine?

Quoy venir sans respect, & faire vn si grand bruit,
En ces lieux, en ce temps, à cette heure, & de nuit!
O Ciel où sommes-nous! & quelle procedure,
Se pratiqua iamais plus Barbare & plus dure?
Traiter vne Princesse, auec indignité!
Faire vn sanglant affront, à cette qualité!
Ne considerer point son illustre naissance!
Vser insolemment, d'vne iniuste puissance!
N'estre pas satisfaict de la voir sans bon-heur!
S'attaquer à ses iours, s'attaquer à l'honneur!
Ha! ne vous flattez point, d'vne esperance vaine,
On n'aquiert point l'amour, par des effects de haine;
Et l'insolence enfin, pire que le trespas,
Irrite vn grand courage, & ne le flechit pas.

GENSERIC.

Madame, c'est pourquoy ne trouuez pas estrange,
Si de tant de mespris, mon cœur enfin se vange,
Et si par ce mespris mon courage endurcy,
En cette occasion; ne flechit point aussi.

L'IMPERATRICE.

Ie n'ay nul sentiment qui ne soit equitable:
Mais le vostre paroist iniuste, & redoutable;
Mon cœur en a tremblé, mon taint en a blesmy;
Vous n'estes plus Amant, vous estes ennemy.

GENSERIC.

Ha ie suis vn amant, mais amant qu'on outrage,
Mais amãt sans bon-heur, & non pas sans courage,
Mais amant sans espoir, mais amant mesprisé,
Mais amant qui peut tout, & qui voit tout aisé.

L'IMPERATRICE.

Quoy cruel tant de pleurs ne touchent point vostre ame.
Vous ne craignez donc plus, ny le ciel, ny le blasme,
Il ne vous reste plus aucune humanité!
Vous violez les droicts de l'hospitalité!
Vous ne respectez plus ny sexe, ny couronne!
Vous suiuez les conseils que la fureur vous donne!
Vous vous abandonnez à ces lasches transports!
Vous affligez l'esprit, vous captiuez le corps!
Vous perdez vos amis, vous perdez vostre gloire!
Et tout pour obtenir vne infame victoire;
Et tout pour contenter vne illicite amour,
Qui vous oste l'honneur, & qui m'oste le iour.
Mais cruel, escoutez ce que ie m'en vay dire
Et l'estat où ie suis, dans la crainte d'vn pire.
Tout ce qui peut brusler le plus facilement,
Sieges, Dais, & tapis, & tout l'ameublement;
I'ay tout mis l'vn sur l'autre en la chambre prochaine,
Afin de l'opposer au dessain qui vous meine;

Regardez ce Palais, regardez ce flambeau,
Car la flame & la cendre, en feront mon tombeau,
Si vous entreprenez de rompre cette porte:

ASPAR.

La crainte de la mort, en son ame est trop forte.

GENSERIC.

Dans l'estat desplorable où vous m'auez reduit,
Apres tant de trauaux, que i'ay souffers sans fruit,
Non, apres la rigueur d'vne si longue attente,
Rien ne peut empescher que ie ne me contente.

L'IMPERATRICE.

Oubliez-vous l'honneur?

GENSERIC.

Tout, pour vous posseder:

L'IMPERATRICE.

Escoutez la raison.

GENSERIC.

Elle vient de ceder:

L'IMPERATRICE.

Elle parle pourtant;

GENSERIC.

Elle est mal escoutée:

L'IMPERATRICE.

La iustice la suit.

GENSERIC.

Elle est peu redoutée.

L'IMPERATRICE.

Quoy, voulez-vous ma mort?

GENSERIC.

Voulez-vous mon trespas?

L'IMPERATRICE.

Ne flechirez-vous point?

GENSERIC.

Ne flechirez-vous pas?

L'IMPERATRICE.

Le ciel voit vos dessains.

GENSERIC.

Et vous voyez ma peine:

L'IMPERATRICE.

L'IMPERATRICE.

Quoy mes propos sont vains!

GENSERIC.

Quoy ma douleur est vaine!

L'IMPERATRICE.

A la mort.

GENSERIC.

Au plaisir.

L'IMPERATRICE.

Sauuons-nous.

GENSERIC.

Sauuez-moy.

L'IMPERATRICE.

Honneur.

GENSERIC.

Amour.

L'IMPERATRICE

Ie meurs.

K

GENSERIC.

Ie ne vis que par toy:
Mais c'est trop differer l'aise qui me transporte.

L'IMPERATRICE.

Arreste encor vn coup.

GENSERIC.

Gardes, rompez la porte.

L'IMPERATRICE.

Barbare souuiens-toy que ie m'en vais mourir,
Et que i'ay dans la main dequoy me secourir:
S'en est fait, il le faut; ô bien-heureuses flames,
Venez perdre nos corps, & conseruer nos ames.

GENSERIC.

Dieu qu'est-ce que ie voy, le feu brille par tout,
Il gagne ce Palais, de l'vn à l'autre bout;
Viste, que chacun coure, & qu'on tasche d'esteindre
Ce brasier deuorant, & que ie dois tant craindre.
Que de tous les costez on coure promptement;
Au feu, soldats au feu, montez en vn moment:
Entrons amis entrons, s'il est possible encore:
Le feu les enueloppe, & le feu les deuore,
Ciel ie les voy perir, ciel ie les voy brusler;
Et la flame qui sort, me force à reculer:

Par tout i'oy retentir, ce bruit espouuentable;
Par tout ie voy flamber vn feu si redoutable;
Tout croule, tout noircit, tout paroist confondu;
Helas elle est perduë, helas ie suis perdu!
Cette tragique mort, par l'vniuers semée,
Genseric, Genseric, destruit ta renommée.
Ha tyran qu'as-tu dit, ha tyran qu'as-tu faict!
O d'vne iniuste amour, iniuste & triste effect!
O de ma violence, effect bien desplorable!
Eudoxe, belle Eudoxe, objet incomparable,
Au milieu de la flame, au milieu du courroux,
Voyez vostre bourreau, qui souffre plus que vous.
O mal-heureuse amour ie deteste ta flame!
O remords violents qui tourmentez mon ame,
O faute reconnuë, ô tardif repentir!
Percez, percez mon cœur, faites luy tout sentir,
Feux, fers, poisons, cordeaux, & pour punir mon vice,
De tous les chastimens, ne faites qu'vn supplice;
I'ay plus failly moy seul, que tous les criminels;
Faites moy donc sentir tous leurs maux eternels.

ASPAR.

Seigneur..

GENSERIC.

Ha scelerat, autheur de ma disgrace,
Oses-tu me parler, as-tu bien cette audace?

Vois meschant, vois l'effect de ton crime & du mien,
Afin de commencer mon supplice & le tien.

ASPAR.

Ha Seigneur...

GENSERIC.

Detestable il faut que cette espée,
Pour punir tes forfaicts dans ton sang soit trempée,
Et pour apprendre encor aux meschans comme toy,
A ne flater iamais les vices de leur Roy.

SCENE VII.

THRASIMOND.

LAsches, tout vostre effort est un trop foible obstacle:
Dieu qu'est-ce que ie voy, quel horrible spectacle!
Tout le Palais en flame, helas il faut mourir;
Par où pourray-ie entrer, par où dois-ie courir;
Icy la flame esclatte, icy le feu se monstre;
Par tout elle rauage, en tout ie la rencontre;
Ie ne sçaurois passer, & puis il n'est plus temps:
On ne peut s'opposer, à la mort que i'attends:

Mon Eudoxe a pery, mon Eudoxe est perduë;
Mon Eudoxe (ô mal-heur) ne peut m'estre renduë;
Ha mon Eudoxe est morte, & sa mere, & sa sœur,
Auec tous les plaisirs dont ie fus possesseur.
Pere sans amitié, Barbare impitoyable,
Qui sans doute as commis vne faute effroyable;
Viens acheuer ton crime, & me priuer du iour,
Viens contenter icy, ta haine, & mon amour;
Viens icy contenter vne si iuste enuie,
Ie ne veux rien de toy, viens reprendre ma vie;
Viens m'arracher le cœur; mais Tigre ne viens pas,
Ie ne sçay si nature arresteroit mon bras;
Et si mon desespoir, si grand, si legitime,
Ne voudroit point punir vn crime par vn crime.
Non, non ie n'en sçay rien, & dans mon desespoir,
Peut-estre la nature, auroit peu de pouuoir.
O destin rigoureux, que ta force est à craindre!
Mais lasche Thrasimõd, de qui te veux-tu plaindre?
N'accuse point le ciel, ton pere, & ton mal-heur:
N'accuse que ton bras, & ton peu de valeur;
Quoy, tarder si long-temps à forcer vn passage,
Que t'osoyent disputer des hommes sans courage!
Des hommes qui trembloient sçachant ta qualité!
Et que tu deuois vaincre auec facilité!
Ha lasche encor vn coup, que rien ne te consolle:
N'auois-tu pas promis & donné ta parolle,
Que la fureur du Roy n'auroit aucun effect?
Traistre tu l'as promis; mais traistre l'as-tu faict?

Ha non, non, tu n'as faict qu'vne promesse vaine:
Meurs donc pour te punir, & pour vanger ta Reine:
Meurs, Prince infortuné, meurs.

SCENE VIII.

TALERBAL, THRASIMOND.

TALERBAL.

SEigneur suiuez-moy:
Mais sans perdre de temps:

THRASIMOND.

Moy te suiure & pourquoy?

TALERBAL.

Ouy Seigneur, suiuez-moy:

THRASIMOND.

Bizarre procedure!
En cette deplorable, & funeste aduanture,
As tu perdu le sens au milieu de l'effroy,
Que tu parles ainsi?

TALERBAL.

Non Seigneur ſuiuez-moy.

THRASIMOND.

Explique ton deſſain, & tire moy de doute.

TALERBAL.

Ha Seigneur ſuiuez-moy, de crainte qu'on n'eſcoute.

THRASIMOND.

Marche donc ie te ſuy: car en deſpit du ſort,
Ma main en tous endroicts, ſçaura trouuer la mort.

Fin du troiſieſme Acte.

ACTE IV.

VRSACE, OLIMBRE, THRASIMOND, L'IMPERATRICE, PLACIDIE, EVDOXE.

SCENE PREMIERE.

VRSACE.

STANCES.

TRistes debris, objets funebres,
Qui parmy l'horreur des tenebres,
Paroissez plus noircis du feu que de la nuit:
Effroyables tesmoins d'vne horrible aduanture,
Soyez le du mal que i'endure,
Palais bruslez, demeure obscure,
La fureur vous abat, la fureur me destruit.

Pressé de sentimens si tendres,
Ie viens chercher parmy vos cendres,

Les cendres d'vn thresor, que mon ame a perdu:
Helas si ma douleur n'est sans force & sans armes,
Souffrez que ie mesle mes larmes,
A ces cendres pleines de charmes,
Et que ce triste bien, me soit au moins rendu.

En cette funeste aduanture,
Ie ne veux point que la nature
Face vn nouueau miracle en faueur de l'amour:
Et que de cét amas de cendre & de poussiere,
Elle reuienne à la lumiere,
Auecques sa beauté premiere,
Me redonner la vie en reprenant le iour.

Accablé de maux si funestes,
Ie veux les pitoyables restes,
D'vn corps remply d'apas, d'vn chef d'œuure si beau:
Ie veux que cét objet, pour qui mon cœur soupire,
Pour qui mon triste cœur expire,
Apres la perte d'vn Empire,
Luy qui fut sans bon-heur, ne soit pas sans tombeau.

Ie veux mesler à cette cendre,
Le sang que ie m'en vay respandre,
Et la mettre en ce cœur, que ie m'en vay percer:
Ie veux qu'il serue d'vrne à cette cendre aymée,
Et que là mon ame enflammée,
Tasche de la rendre animée,
Par la chaleur du sang, que ie m'en vay verser.

Ciel, faites que ie la rencontre!
Faites que le ſort me la monſtre,
Cette cendre adorable, & que i'adore auſsi:
Apres, murs esbranſlez par l'effort de la flame,
Tombez pour contenter mon ame,
Et faites qu'aupres de Madame,
Voſtre cheute m'accable, & nous reioigne icy.

Helas c'eſt le ſeul bien que le ſort me peut faire:
Car de tant d'affligez, qui ſont dans la miſere,
Et par qui le treſpas, eſt ſi fort deſiré,
Ie ſuis certainement le plus deſeſperé.
Auſsi dãs quelque excez qu'ait peu mõter leur perte,
Elle n'eſgalle point celle que i'ay ſoufferte:
Et par l'arreſt fatal, du deſtin rigoureux,
I'ay plus ſouffert moy ſeul, que tous les mal-heureux;
I'ay plus ſouffert moy ſeul que tout le mõde enſẽble.
Et mon deſaſtre eſt tel, que rien ne luy reſſemble.
Car enfin ſi quelqu'vn a veu le dernier iour,
De l'aimable beauté, qui cauſoit ſon amour,
En ſe deſeſperant, en ſoupirant pour elle,
Il a veu cette mort commune, & naturelle,
Il a veu ce flambeau s'eſteindre lentement,
Bruſler ſans violence, & finir doucement:
Mais (ô cruel penſer qui bourrelle mon ame!)
Ie voy mourir Eudoxe, & mourir dans la flame:
Mourir dans les ardeurs d'vn braſier deuorant,
Et donner à chacun de l'horreur en mourant.

Tragique souuenir, effroyable pensee!
Qui deschire mon ame, & la rend insensée!
Qui trouble mon esprit, confond mon iugement,
Et qui me faict sentir le mesme embrasement.
Eudoxe brusler viue ô destin quelle atteinte!
Eudoxe n'estre plus que de la cendre esteinte.
Eudoxe dans le feu, pour signaler sa foy!
Ton Eudoxe bruslée, & pour l'amour de toy!
Vrsace peux-tu bien souffrir cette disgrace?
Vrsace, peux-tu viure, estant encor Vrsace?
Peux-tu viure & l'aimer & l'aimer sans mourir,
L'ayant fait sans te perdre, & sans la secourir?
Ha lasche, meurs cent fois, meurs cent fois infidelle,
Comme indigne du iour, & plus indigne d'elle.
Tu ne meritois pas de posseder son cœur;
Tu ne meritois pas d'en estre le vainqueur;
Ta naissance estoit basse, & bas est ton courage;
Tu la vois en danger, tu la vois dans l'orage,
Tu preuois le mal-heur, qui luy peut arriuer,
Et tu la vois perir, quand tu la peux sauuer!
Ha perfide, est-ce assez, en veux-tu d'auantage?
Il falloit, ou te perdre, ou renuerser Carthage;
Il falloit allumer le feu qu'elle alluma;
Bref il falloit l'aymer, ainsi qu'elle t'aima.
Il falloit que ta main plus forte & plus hardie,
Donnast vne autre fin, a cette Tragedie;
Il falloit tesmoigner, qu'vn cœur qui se resout,
Quand il est genereux est capable de tout.

Il falloit qu'vn tyran, si digne du supplice,
Esprouuast ta valeur, qu'animoit la iustice;
Et par son chastiment, apprendre à tous les Roys,
A se faire la loy, quand ils feront des loix:
Mais tu ne l'as pas fait, traistre, perfide, infame;
Pardon, helas pardon, chere ombre de mon ame,
Ie perdis la raison, te voyant en danger,
Mais qui te seruit mal, te sçaura mieux vanger;
Et ie sçauray trouuer la prochaine iournée,
Vne victime illustre, & toute couronnée.
Ta cendre dans le sang, de ton persecuteur,
Verra tomber victime, & sacrificateur;
Et sa mort, & la mienne en obtiendront ma grace,
Si la bonté d'Eudoxe, a pû haïr Vrsace.

SCENE II.

VRSACE, OLIMBRE,

VRSACE.

ET bien cruel amy, seras-tu satisfait?
I'ay suiuy ton conseil, regardes en l'effect:
Vois ces tristes monceaux, & de cendre, & de poudre;
Vois ce Palais qui semble, abatu par la foudre;
Vois ces murs entre-ouuerts, & ces grãds bastimens,
Esbranlez par le feu, iusques aux fondemens.

C'est là cruel, c'est là, (faut-il que ie le die)
Que l'vne & l'autre Eudoxe, auec ta Placidie,
Dans l'effroyable flame, ont trouué leur tombeau;
Mais ton conseil timide, en fournit le flambeau.
Ta voix retint mon bras, qui les auroit sauuées;
Nostre perte & leur mort, par toy sont arriuées;
Gouste, gouste le fruict de tes sages aduis,
Et vois si i'ay bien faict, de les auoir suiuis.
Icy tout mon bon-heur, icy tes allegresses;
Icy l'Imperatrice, icy les deux Princesses;
Icy toute ta ioye, icy tous mes plaisirs;
Icy tout nostre espoir, icy tous nos desirs;
Icy par tes conseils, nos mal-heurs sont extrémes,
Icy nous perdons tout, & nous perdons nous mesmes.

OLIMBRE.

Helas n'augmente point de si cuisants remords,
Par l'objet d'vne mort, qui donne mille morts:
Ie ne connois que trop, que moy seul l'ay causée;
Ie n'apperçoy que trop, ta raison mesprisée,
Ie ne sents que trop bien qu'elle fut mon erreur;
Et mon crime apperçeu, me donne assez d'horreur.
Vrsace, ie voy trop, que ie suis trop coupable:
Aussi mon triste cœur, de plaisir incapable,
Ne murmurera point, quand tu viendras tousiours
Irriter sa douleur, par le mesme discours.
Continuë en tout temps, d'offrir à ma pensée,
Et mon mal-heur present, & ma faute passée,

Et bien que ce discours soit vn enfer pour moy,
Ne craints pas que mon cœur s'ose pleindre de toy.

VRSACE.

Pardonne cher amy, pardonne à ma colere:
Ie fais aueuglement, ce qu'elle me suggere;
Ie sçay ton innocence, ainsi que mon mal-heur,
Mais icy ma raison, le cede à ma douleur.

OLIMBRE.

Mais icy ta douleur est iointe à la iustice:
Il n'est point de tourment, il n'est point de supplice,
Sous quelque affreux aspect qu'on vienne me l'offrir,
Que ce cœur ne merite, & ne veüille souffrir.

VRSACE.

Non, non, le seul destin, cause nostre disgrace.

OLIMBRE.

Non, non, Olimbre seul, a perdu son Vrsace.

VRSACE.

Le crime n'est causé que par l'intention.

OLIMBRE.

De moy quoy qu'il en soit vient ton affliction.

VRSACE.

On ne peut esuiter, ce que le ciel ordonne.

OLIMBRE.

Mais on peut esuiter, vn conseil que ie donne.

VRSACE.

L'amitié le donnoit, l'amitié le receut.

OLIMBRE.

L'amitié me trompa, l'amitié te deceut.

VRSACE.

L'amitié parle en toy, l'amitié te replique.

OLIMBRE.

Et par cette amitié, tu pers tout en Affrique.

VRSACE.

Helas que ferons-nous!

OLIMBRE.

Helas qu'auons-nous fait!

VRSACE.

Tu commis vne erreur.

OLIMBRE.

Tu flates vn forfait.

VRSACE.

Tous deux esgalement, le destin nous accable;

OLIMBRE.

Tu n'es que mal-heureux, & moy ie suis coupable.

VRSACE.

Cher amy,

OLIMBRE.

Cher Vrsace,

VRSACE.

O mes pleurs!

OLIMBRE.

Soupirons;

VRSACE.

Eudoxe,

OLIMBRE.

Ne vit plus;

VRSACE.

Elle est morte;

OLIMBRE.

Ha mourons!

VRSACE.

VRSACE.

Olimbre, ton conseil ne se doit iamais suiure:
Quand il falloit mourir, il me força de viure;
Maintenant qu'il faut viure, il me porte à mourir
Au lieu de m'aßister, & de me secourir.

OLIMBRE.

Il faut viure (dis-tu) parmy tant de tristesses!

VRSACE.

Il faut viure vn seul iour, pour vanger les Princesses.

OLIMBRE.

I'appreuue ce dessain, ie suy ton sentiment.

VRSACE.

Viuons, vangeõs nous viste, & mourõs promptement.

OLIMBRE.

I'oy du bruit,

VRSACE.

Cachons-nous dans quelque lieu plus sombre.

OLIMBRE.

Si ie ne suis deceu par la lune ou par l'ombre,
C'est Thrasimond;

M

SCENE III.

THRASIMOND, VRSACE, OLIMBRE.

THRASIMOND.

AMis, estes-vous donc icy?

VRSACE.

Seigneur, pouuez-vous rire & nous parler ainsi?
Quoy, dans ce lieu funeste, & dans vne aduanture,
Qui demande des pleurs à toute la nature,
Ou vous perdez autant, que nous auons perdu;
Ou vous auez causé, ce mal non attendu;
Vous pouuez rire! helas dans ce mal-heur extréme,
Que fait vostre vertu, vostre amour, & vous-mesme?

THRASIMOND.

Elles viuent encor,

VRSACE.

O Dieu que dites-vous!

OLIMBRE.

Elles viuent!

THRASIMOND.

Gardons ce ſecret entre nous,
Elles viuent amis:

VRSACE.

O Ciel ie te rends grace:

THRASIMOND.

Vous demandez comment, que ie vous ſatisface.
Lors que l'Imperatrice auecques ſon flambeau,
Eut embraſé ce lieu que l'on croit ſon tombeau,
Elle ſe retira dans vne gallerie,
Pendant que Genſeric exerçoit ſa furie,
Que l'on rompoit la porte, & que d'autre coſté,
Le feu iuſques au Dome, eſtoit deſia monté.
Là, ſi prés de ſa fin, cette genereuſe ame,
Regardoit approcher, & ſa mort, & la flame,
Et ſans eſtonnement attendoit le treſpas,
Que tout le monde craind, & qu'elle ne craind pas.
Lors que conſiderant, l'vne & l'autre Princeſſe,
Elle vit dans leurs yeux vne telle triſteſſe,
Vne telle douleur d'aller ſitoſt mourir,
Que ſon affection voulut les ſecourir.

La pitié la surmonte, & dans cette aduanture,
Sa generosité, le cede à la nature:
Et sentant que son cœur ne pourroit acheuer,
Ouy (dit-elle) il faut viure, afin de vous sauuer.
Ainsi dans ce peril, & dans cette rencontre,
Elle prend vn tapis que le bon-heur luy monstre,
L'attache à la fenestre, en ces extremitez;
Fait descendre au iardin ces deux ieunes beautez,
Les anime à cela, les soutient par derriere,
Enfin les met à terre, & descend la derniere.
Là, les arbres touffus, & l'ombre de la nuit,
En la fauorisant font qu'elle les conduit,
Iusques au pauillon où Talerbal sommeille,
(C'est vn vieux iardinier) elle appelle, il s'esueille;
Il ouure, elle entre, il reste estonné de la voir;
Il luy promet pourtant, vn fidelle deuoir;
Elle luy iure aussi, pourueu qu'elle me voye,
De le recompenser; bref elle me l'enuoye:
Il me trouue, i'y vay, ie luy parle vn moment;
Ie retourne aussi-tost à mon apartement,
Afin de donner ordre aux choses necessaires:
Ainsi voila l'estat où i'ay mis nos affaires;
Iugez apres cela, si vous auez raison,
D'accuser vos amis, d'aucune trahison.

VRSACE.

Pardonnez, s'il vous plaist, à ma douleur trop forte.
Vous sçauez qu'vn torrēt quelquesfois nous emporte,

Et que sa violence, en son commencement,
Destruit, rauage, entraisne, & perd tout aysement.
Enfin, si i'ay failly, qu'on m'ordonne vn supplice:
Mais Seigneur, en quel lieu reste l'Imperatrice?

THRASIMOND.

Elle est sous vne voute assez proche d'icy:
A moy, Madame, à moy;

VRSACE.

Ciel!

SCENE IV.

L'IMPERATRICE, PLACIDIE, EVDOXE. OLIMBRE, THRASIMOND, VRSACE.

L'IMPERATRICE.

SEigneur, nous voicy:
Mais auec tant de crainte, & tant d'inquietude,
Que ie croy que la mort n'a rien qui soit plus rude.

THRASIMOND.

A quelque extremité que ce mal puisse aller,
Olimbre que voicy, vous pourra consoler.

L'IMPERATRICE.

Olimbre dites-vous!

PLACIDIE.

Ha ma sœur, c'est luy-mesme:

OLIMBRE.

Madame..

L'IMPERATRICE.

Vnique amy du seul homme que i'aime,
Ou pour mieux dire encor, de celuy que i'aimois,
Puis qu'il n'est plus viuant; helas, ie pers la voix.
Vrsace ne vit plus, & par toute l'Affrique,
Cette triste nouuelle, est desormais publique;
Vrsace enfin est mort:

OLIMBRE.

Ouy Madame, & mourant,
Ce pauure cheualier me dit en soupirant,
D'vne voix languissante, & d'vn visage haue,
Que ie vinsse en son nom vous offrir cét esclaue.

L'IMPERATRICE.

Il le faut affranchir Olimbre.

OLIMBRE.

Ha pour ce point,
Madame, asseurez-vous, qu'il ne le voudra point.

L'IMPERATRICE.

Sois libre mon amy,

VRSACE.

Ie vous feray connaistre
Que ie vous garde vn cœur, qui ne veut iamais l'estre.

OLIMBRE.

Ie vous auois bien dit qu'il ne le voudroit pas.

L'IMPERATRICE.

Que cette voix charmante, a de charmants apas!
Qu'elle est puissante au cœur, qu'elle est douce à l'oreille.
Confirmez-moy mes yeux vne telle merueille.
Est-ce vous cher Vrsace?

VRSACE.

Ouy Madame, c'est moy,
Trop content, trop heureux, puisque ie vous reuoy.

L'IMPERATRICE.

Helas que de mal-heurs, trauersent nostre ioye!

VRSACE.

Ie les mesprise tous, pourueu que ie vous voye.

L'IMPERATRICE.

Nous sommes en danger,

VRSACE.

Mais nous en sortirons,

L'IMPERATRICE.

Ie crains pourtant beaucoup,

VRSACE.

Ha Madame esperons,
Au pis aller, ma mort vous tirera de peine:

L'IMPERATRICE.

O que cette parole, est encor inhumaine!

VRSACE.

Elle part de mon cœur, i'en atteste les Cieux:

PLACIDIE.

Madame il faut songer à sortir de ces lieux:

VRSACE.

En effect, en ces lieux le danger est extresme:
Et bien que dans mon cœur l'amour le soit de mesme,

Si ie vous en parlois en ce fascheux moment,
I'aurois beaucoup d'amour, & peu de iugement.
Ne nous engageons point dās quelqu'autre disgrace:
Et puis, trop de tesmoins escouteroient Vrsace;
La crainte & le respect, le feront taire icy;
Mais sortons de ces lieux, & de Carthage aussi.

EVDOXE.

Mais les difficultez m'en semblent assez fortes;
Car le Roy fait garder, & le haure, & les portes;
Et difficilement pourra-t'on nous sauuer.

L'IMPERATRICE.

Quel remede Seigneur, esperez vous trouuer?

THRASIMOND.

Desia le Roy touché d'vn repentir extréme,
Deteste son amour, sa fureur & soy-mesme,
Il a fait prendre Aspar, il l'a fait enchaisner,
Il medite la mort, qu'il luy fera donner;
Il le nomme la cause, & l'autheur de son crime;
Il dit que sa douleur est forte, & legitime;
Que iamais ses esprits, ne seront consolez:
L'on a trouué les os de ces gardes bruslez;
Et ne discernant pas les vns d'auec les autres,
Il les garde, il les baise, il les prend pour les vostres;
Et pour les conseruer comme vn riche thresor,
Il les met sous vn Dais, & dans vne vrne d'or.

Car à peine (pressé d'vne mortelle atteinte)
Par le costé du parc la flame fut esteinte,
A peine auec de l'eau cessa l'embrasement,
Qu'il fut chercher luy-mesme à vostre apartement.
Enfin, plein de douleur, il soupire & proteste,
Que d'vne iniuste amour, aucun feu ne luy reste;
Et bref qu'il ne sent plus que ce qu'il doit sentir;
C'est à dire le trait, d'vn cuisant repentir,
Ainsi vostre salut, n'est pas sans apparence.

OLIMBRE.

Non Madame, & mon cœur en conçoit l'esperance.
I'imagine vn dessain, & seur, & bien conduit;
Mais dans ce pauillon, allons passer la nuit,
Et qu'on me laisse apres le soin de cette affaire;
Le ciel m'inspirera, ce que ie deuray faire.
Vous verrez que le Roy me cherit autrefois,
Et qu'en la main de Dieu, se voit le cœur des Roys.

L'IMPERATRICE.

I'y consents, & ce Dieu redouble mon courage.

THRASIMOND.

Soyez donc le Pilote, en vn si grand orage.

VRSACE.

S'il faut perdre quelqu'vn, pour le salut de tous,
Ciel acceptez vn cœur qui se presente à vous.

Fin du quatriesme Acte.

ACTE V.

L'IMPERATRICE, VRSACE, THRASIMOND, OLIMBRE, GENSERIC, OLICHARSIS, EVDOXE, PLACIDIE, ASPAR, TROVPE DE GARDES.

SCENE PREMIERE.

L'IMPERATRICE, VRSACE.

L'IMPERATRICE.

LE iour est desia grand,

VRSACE.

Ouy Madame,

L'IMPERATRICE.

Il n'importe;
Il suffit seulement de fermer cette porte,

Que le feu qui deuore en bouleuersant tout,
Pour nous fauoriser, vient de laisser debout:
Car parmy ce debris, dont l'horreur espouuante,
On ne peut estre veu de personne viuante,
Parlez donc cher Vrsace, & me dites pourquoy,
Vous auez souhaité vous voir seul auec moy.

VRSACE.

Madame, sur le point de rompre mon silence,
Ie sents d'vn mal secret, l'extréme violence,
Ma constance me quitte, & puis elle reuient;
Vostre interest m'anime, & le mien me retient;
Ie veux, ie ne veux plus, & l'ame balancée,
Tasche inutilement, d'exprimer sa pensée.
L'amour luy rend la force, & puis la luy rauit;
Par l'amour elle meurt, par l'amour elle vit;
Il la force à parler, il la force à se taire;
Et l'vn & l'autre enfin ne m'est plus volontaire.
Mais dans l'estat douteux, où ie suis en ce iour,
Il faut, il faut se vaincre, en faueur de l'amour:
Car si l'excez du mal, me fait perdre la vie,
La douleur ne fera, que suiure mon enuie;
Ie sçay que le trespas me pourra secourir,
Il faut donc se resoudre, & parler pour mourir.
Assez vostre grand cœur, genereux, & fidelle,
A tesmoigné pour moy, son amour, & son zelle,
Et le mien seroit lasche, & sans ressentiment,
S'il n'estoit satisfait, d'estre aymé constamment.

Madame, c'est assez, & la raison s'irrite,
De voir que vous m'aimez plus que ie ne merite,
Et que pour vn sujet, & que pour vn vassal,
Vous descendez du Throsne, & le traitez d'esgal.
Ouy, vous estes trop bonne, & luy trop temeraire.
Vous le deuiez punir, quand il osa vous plaire;
Vn iuste chastiment nous eust pû garantir,
Vous d'vn mal-heur si grand, & moy d'vn repentir.
Mais puis que le passé iamais ne se rappelle,
Faites que l'aduenir, vous trouue moins rebelle;
Obeïssez au sort, qui fait tout obeïr;
Et n'aymez plus vn cœur, que vous deuez haïr.
Ouy vous deuez haïr dans ce mal-heur extréme,
Celuy que le ciel haït, & qui se haït soy-mesme,
Mais qui dans la douleur dont il ressent les coups,
Haïssant & hay, n'ayme pourtant que vous.
Que vostre Maiesté (s'il luy plaist) me pardonne:
Ie me punis assez du conseil que ie donne;
Ie me fais plus de mal, que le sort ne m'en fait,
Et ie donne vn conseil, dont ma mort est l'effaict.
Mais quoy ie ne sçaurois vous souffrir dauantage,
En cét engagement, & vous voir à Carthage.
Quittez, quittez Vrsace, & receuez le Roy:
Il est, il est plus grand, & plus heureux que moy;
Si vous portez vn sceptre, il porte vne couronne;
La misere me suit, la splendeur l'enuironne;
Bien qu'il ait moins d'amour, il a plus de pouuoir,
Et ie cede par force, ou plustost par deuoir.

Car ces murs tous noircis, où la flame est esteinte,
Par leur affreux aspect, renouuellent ma crainte.
Ils me font souuenir des desordres passez,
Et vous disent pour moy, Madame, c'est assez.
Ne vous engagez plus dans ma triste aduanture;
Ne vous exposez plus aux tourmens que i'endure;
Viuez, viuez contente, & me laissez mourir,
Et pour vous rendre libre, & pour me secourir.
Ainsi iamais le sort, n'esbransle vostre gloire,
Et puisse vn mal-heureux, viure en vostre memoire;
C'est l'vnique bon-heur qu'il ose desirer,
Si sans excez d'orgueil, il y peut aspirer.
Helas la voix me manque, en cét estat funeste;
Mais le cours de mes pleurs, vous dira bien le reste;
Ouy lisez dans mes yeux, & la rigueur du sort,
Et la force d'amour, & l'arrest de ma mort.

L'IMPERATRICE.

Vrsace vn tel discours me surprend dauantage,
Que n'ont fait tous les maux qu'on m'a fais à Car-
thage.
Ie ne l'attendois pas d'vn cœur si genereux,
D'vn cœur si magnanime, & d'vn cœur amoureux.
Quoy vous m'abadonnez! & vostre ame est capable
De former vn dessain, qui la rend si coupable!
Vous pouuez seulement en auoir le penser!
Vous pouuez l'auoir dit, vous pouuez m'offencer!

Ha si vous le pouuez vous n'estes plus Vrsace,
Et ie souffre en cela ma derniere disgrace;
Car la perte du Throsne, & de la liberté,
Me sont moins que l'espoir que vous m'auez osté.
Au milieu des mal-heurs, cette chere esperance,
Consoloit mon esprit, soutenoit ma constance,
Et mon cœur opposoit, lors qu'il vouloit finir,
A son mal-heur present, l'espoir de l'auenir.
Mais helas auiourd'huy Princesse infortunée,
Quitte Vrsace & l'espoir, qui t'ont abandonnée;
Quitte encore le iour, puis qu'on cesse d'aymer;
Et r'allume le feu qu'on te vit allumer.
A la mort, à la mort, Vrsace est infidelle;
Il fuit nostre infortune, il est ennuyé d'elle;
Il nous oste son cœur, il se desrobe à nous;
Nostre sort est funeste, il en cherche vn plus doux;
Ne nous opposons point, à sa bonne fortune;
Permettons luy d'esteindre vn feu qui l'importune;
Vn feu qu'il apprehende, & qu'il iuge fatal;
Et souffrons qu'il s'en aille, à son pais natal.
Partez donc cher Vrsace, abandonnez l'Affrique;
Rendez vn Senateur à nostre Republique;
Laissez mourir Eudoxe, en ce bord estranger;
Il n'importe, partez, esuitez le danger.
Vous le voulez ainsi, i'y consens, ie vous cede;
Mais dans le desespoir, qui mon ame possede,
Souuenez-vous Vrsace, en me disant adieu,
Que vous laissez Eudoxe en ce funeste lieu:

Qu'elle y voulut mourir, pour vous estre fidelle,
Et qu'elle y va mourir pour estre tousiours telle.

VRSACE.

Ha Madame cessez d'outrager mon amour:

L'IMPERATRICE.

Mais vous mesme cessez de me priuer du iour.

VRSACE.

C'est pour vous conseruer, que ie me pers moy-mesme:

L'IMPERATRICE.

L'on n'agit point ainsi, quand il est vray qu'on ayme.

VRSACE.

En pouuez-vous douter?

L'IMPERATRICE.

Puis-je n'en douter point?

VRSACE.

M'estime-t'on si peu?

L'IMPERATRICE.

Me hait-t'on à tel point?

VRSACE.

Quoy, ma fidellité ne vous est pas connuë!

L'IMPERATRICE.

L'IMPERATRICE.

Mais si vous en auiez qu'est elle deuenuë?

VRSACE.

Ie l'ay tousiours Madame, & veux tousiours l'auoir.

L'IMPERATRICE.

Mais elle est sans courage,

VRSACE.

Ou plustost sans pouuoir.

L'IMPERATRICE.

Ciel, Vrsace me quitte, & me quittant, il m'ayme!

VRSACE.

Le veritable Amant, n'agit point pour soy-mesme.

L'IMPERATRICE.

Agissez donc pour moy,

VRSACE.

Ie le croy faire aussi,

L'IMPERATRICE.

Mon Vrsace,

VRSACE.

Madame,

L'IMPERATRICE.

Helas restez icy.

VRSACE.

I'y voulois rester mort, mais puis qu'on me l'ordonne,
I'y resteray viuant, & vous estes trop bonne.

SCENE II.

THRASIMOND, PLACIDIE, EVDOXE, OLIMBRE, L'IMPERATRICE, VRSACE.

THRASIMOND.

MAdame, asseurement voicy venir le Roy:

L'IMPERATRICE.

Dieu par quelle raison?

OLIMBRE.

N'en ayez point d'effroy;

Tant mieux; c'eſt en ce lieu qu'on verra mon adreſſe,
Cachons-nous promptement, puis que le temps nous preſſe:

VRSACE.

Ciel, qu'eſt-ce que ie fais; & qu'eſt-ce qu'il fera!

L'IMPERATRICE.

Rien que la ſeule mort ne nous ſeparera.

SCENE III.

GENSERIC, OLICHARSIS, ASPAR, TROVPE DE GARDES.

GENSERIC.

STANCES.

SI le regret d'vn ſacrilege
Peut obtenir le priuilege,
D'eſtre ſouffert aux lieux, qui virent ſon erreur;
Helas ombres dolentes,
Sçachez qu'eſtant preſſé de douleurs violentes,
Ie viens vous immoler vn qui me fait horreur,
Et m'immoler moy-meſme, à ma iuſte fureur.

Icy fut commis nostre crime,
Icy le remords legitime,
Le conduit à la mort, & m'y conduit aussi:
Mais ô foible allegeance!
Pour vn crime si grand, c'est trop peu de vangeance;
Vn si iuste courroux, ne s'esteint pas ainsi;
C'est trop peu d'vne mort, mourons cent fois icy.

Funeste obiet, cendre adorable,
Dans la douleur incomparable,
Qui trauerse mon ame, escoutez mes propos:
Helas, quoy qu'insensible,
Tesmoignez à mon cœur, au moins s'il est possible,
Que vous voulez ma mort, pour me mettre en repos,
Et que vostre vrne serue, à mettre aussi mes os.

O discours sans raison, dont l'orgueil est insigne!
Ie demande vn honneur, dont ie suis trop indigne:
Si le lasche assassin par son funeste abord,
Renuerse la nature, & fait seigner vn mort,
Indubitablement cette cendre à la veuë,
D'vn perfide meurtrier, seroit encor esmeuë.
Ha ne l'approche point, Barbare sans pitié,
Qui ne connus iamais la parfaite amitié:
Laisse, laisse en repos, cette cendre fidelle;
Tu ne merite pas, de mourir auprés d'elle;
Garde toy bien de mettre en vn mesme tombeau,

Le corps de l'innocent & celuy du Bourreau.
Loin, prophane, loin d'elle, & loin de ces riuages,
Va mourir au milieu de cent Tigres sauuages;
Et tiens pour asseuré, qu'en ce lieu plein d'effroy,
Ils seront moins cruels & moins Tigres que toy.
Helas quel desespoir, s'empare de mon ame!
Icy ma violence, alluma cette flame;
Icy ma violence, esteignit mon bon-heur;
Bref, icy ie perdis le repos, & l'honneur.
Ha ne cesse iamais de souffrir & de pleindre;
Elle deuoit regner, tu la voulois contraindre;
L'amour ne peut venir que par la volonté,
Et tu luy rauissois repos, & liberté.
Iniuste paßion, amour lasche, & funeste,
Pire que le poison, & pire que la peste,
Par toy i'ay fait vn crime horrible au souuenir,
Que mesme tout l'Enfer ne peut assez punir.
Helas ces bastimens en sont de tristes marques!
Meurs la honte du siecle, & l'horreur des Monarques;
Meurs pour te deliurer de ces pressants remors,
Et pour cacher au moins ton crime entre les morts,
Si le temps & la mort ont vne ombre assez noire,
Pour desrober vn iour, ton crime à la memoire.

OLICHARSIS.

Seigneur, consolez-vous, ce iuste repentir,
Que vostre Maiesté commence de sentir,

Chez la posterité sauuera vostre estime;
Aussi n'estes vous point la cause de ce crime;
Tout le mõde vous plaind, chacun en sçait l'autheur.

GENSERIC.

Ha sage Olicharsis, ie creus trop vn flateur!
Helas heureux les Roys, helas heureux les Princes,
Qui pour se delasser du faix de leurs prouinces,
Rencontrent vn Ministre, & sage, & genereux,
Qui sans penser à soy, veut s'immoler pour eux;
Qui leur donne tousiours des aduis profitables,
Qui rend en tous endroicts leurs armes redoutables,
Qui fait craindre leur nom, chez tous les estrangers,
Et qui ne craind pour eux, ny trauaux ny dangers.
Qui cherche à leur valeur, de nouuelles matieres;
Affermit leurs estats, recule leurs frontieres;
Qui fait de leur honneur, son vnique soucy;
Helas heureux les Roys, qui le trouuent ainsi.
Traistre tu fus bien loin de ces nobles maximes!
Ton esprit criminel, me conseilla des crimes,
Indignes de mon rang, & bien dignes de toy;
Mais qui m'ayant perdu, te perdront auec moy.
Tu m'as osté l'honneur, tu m'as osté la ioye,
Par toy de cent vautours, mon cœur deuient la proye,
Tu m'as fait mal-heureux, tu m'as desesperé,
Mais aussi ton supplice est desia preparé;
Ie verray t'arracher ce cœur remply de vice;
Ce cœur où fut tousiours la fraude, & l'artifice;

Ie veux voir ce perfide, encor tout palpitant,
Mourir aux yeux de tous, luy qui ſe cachoit tant.
Mais l'indigne vangeance, apres vn tel outrage!
Il faut plus noblement teſmoigner à noſtre âge,
Que nous ſçauons vanger, que nous ſçauons punir;
Noſtre cœur a peché, noſtre cœur doit finir;
Il n'eſt pas innocent, qu'il ne ſoit pas ſans peine;
Satisfaiſons enſemble, & l'amour, & la haine;
Mourons, faiſons mourir, perdons, & perdons nous,
Mais helas pour nous deux, le treſpas eſt trop doux.
Ciel, Olimbre paroit! le voila qui s'approche.

SCENE IV.

GENSERIC, OLIMBRE, OLICHARSIS, ASPAR, TROVPE DE GARDES.

GENSERIC.

VIens, viens percer mon cœur par vn ſanglant reproche,
Viens voir, helas viens voir, en cette occaſion,
Mon front couuert de honte, & de confuſion.
eſt là que tu verras les marques de mon crime:
C'eſt là que tu verras ma douleur legitime;

Ouy c'est là cher amy, que ton œil pourra voir
Les marques de marage, & de mon desespoir:
Mais helas, c'est icy, que par ma perfidie,
Ton cœur en arriuant, trouue sa Placidie;
Ouy ses cendres y sont, vange la, vange toy,
Ne considere point la qualité de Roy;
Que cét objet t'esmeuue, & te porte à me plaire;
Contente mon desir, auecques ta colere;
Icy tu vois ta perte, & qui te la causa;
Imite vn assasin, ose ce qu'il osa;
Ta fureur sera iuste, & la sienne est coupable;
Reiette la pitié, dont il fut incapable;
L'honneur te le commande, & ton amour aussi;
Et le cœur affligé, qui t'en coniure icy.

OLIMBRE.

Quand i'aurois plus perdu, que l'on ne croit encore,
Mon cœur qui vous connoit, mon cœur qui vous honore,
Seroit dans le deuoir, à vostre auguste aspect:
Mais si ie puis parler sans perdre le respect,
I'ose dire Seigneur, en rompant mon silence,
Que vostre procedure eut trop de violence:
Vostre humeur en cela, perdit bien sa bonté:
Quoy, pretendre Seigneur, forcer la volonté!
Ce rare priuilege, & que le ciel nous donne!
Que vostre Maiesté m'escoute & me pardonne,

Il

Il eſt vray qu'elle eut tort, d'aſpirer à ce point,
Et de vouloir forcer, ce qu'on ne force point.
Et puis, la qualité ſi haute, & ſi ſublime,
En cette occaſion, augmente encor le crime;
Le ſang de tant de Roys, deuoit toucher vn Roy:
Mais, dois-ie dire tout? ouy Seigneur ie le doy:
Ce qui rend auiourd'huy, voſtre erreur ſans eſgale;
C'eſt que vous violez la parole Royalle,
Que vous auiez iuré de ſeruir conſtamment,
Celle que vous perdez dans voſtre aueuglement.
Qui voudra s'aſſeurer aux promeſſes d'vn Prince,
Qui feignant d'aſsiſter, vſurpe vne Prouince,
Et contraint à mourir les Princes alliez?
Iugez apres cela, ſi vous vous oubliez.
Et ſi la renommée en ſemant cette hiſtoire,
Peut manquer de ternir l'eſclat de voſtre gloire.
Que ne dira t'on point, apres vn tel mal-heur?
Seigneur voſtre intereſt, fait toute ma douleur:
Vous perdez vn eſclat, ſi remply de lumiere,
Que la ſeconde perte eſgale la premiere:
Oüy, vous perdez l'hõneur, pour ſuiure vn vain deſir,
Et vous trouuez la peine en cherchant le plaiſir.

GENSERIC.

Ciel, en cét accident ie la rencontre telle,
Qu'elle m'obligeroit, me deuenant mortelle.
Ie ne puis plus ſouffrir ce triſte ſouuenir;
Ce lamentable objet, qui vient pour me punir;

L'espouuante & l'horreur occupent ma pensée;
Mon œil ne voit plus rien, que ma faute passée;
Elle me suit par tout, ie la trouue en tous lieux;
Trois fantosmes bruslez, s'offrent deuant mes yeux;
Ie les voy languissants, ie les voy dans les flames;
Pardon, helas, pardon, ô genereuses ames;
Ne me reprochez plus, l'erreur que vous blasmez;
Ne me presentez plus, vos beaux corps consumez;
Retirez cét objet, qui m'osteroit la vie;
Et songez que la mort est toute mon enuie;
Qu'en vous offrant à moy, vous venez me l'offrir,
Et que vous me deuez laisser viure, & souffrir,
Car ie viens de me rendre en vous osant poursuiure,
Indigne de mourir, comme indigne de viure.

OLIMBRE.

Seigneur, ce repentir qui paroit en ce iour,
Est encor vn effect, de la premiere amour.

GENSERIC.

Nullement, i'ay banny cette amour criminelle,
Aussi bien que l'espoir, que i'auois mis en elle:
Ce n'est qu'vn sentiment, d'horreur & de pitié.

OLIMBRE.

Mais l'amour quelques fois, ne paroit qu'amitié.

GENSERIC.

Ie sçay leur difference, & les dois bien connoistre.

OLIMBRE.

Ce premier fort souuent, se cache comme vn traistre.

GENSERIC.

Ha ie le connoy trop, pour l'endurer en moy.

OLIMBRE.

Vous sçauez bien pourtant, qu'il est plus fort qu'vn Roy.

GENSERIC.

Oüy qu'vn Roy suborné, par la voix d'vn infame;
Mais apres mes mal-heurs, il n'est plus dans mon ame.

OLIMBRE.

Quoy Seigneur, si tost libre, & si tost desgagé?

GENSERIC.

Mon cœur n'est plus esclaue, il n'est plus qu'affligé.

OLIMBRE.

Quoy desia sans amour! est-ce vous que i'escoute?

GENSERIC.

Oüy c'est moy qui m'offence, en remarquant ce doute;
Quand il arriueroit par le pouuoir des Cieux,
Qu'Eudoxe vne autrefois se monstrast à mes yeux,
Et que par vn prodige, aussi grand qu'impossible,
En sortant du sepulchre, elle deuint sensible,
Quand elle paroistroit auec tous ses apas;
Mon cœur l'honoreroit, & ne l'aymeroit pas.

OLIMBRE.

Seigneur l'objet present, a beaucoup de puissance.

GENSERIC.

Ha tu ne connois pas quelle est ma repentance!
Ha tu ne connois pas quel est le changement,
Qu'auiourd'huy la raison a faict en vn moment!
Mon cœur est pour iamais incapable du crime,
Qui cause vn repentir, si grand, si legitime;
Mais repentir tardif, tu ne me sers de rien!
Mon mal est sans remede, & ie le connoy bien;
Il faut que la fureur succede à la manie,
Et qu'eternellement mon ame soit punie;
Et que le desespoir, ne m'accorde iamais,
Dans vn trouble si grand de trefue ny de paix,
Si la mort ne me rend ma liberté premiere,
Indigne que ie suis, de voir plus la lumiere.

Ha l'horreur de mon crime occupe tous mes ſens;
Ie ſuccombe à la fin, ſous les maux que ie ſens;
Cheres ames pardon, & du ciel où vous eſtes,
Regardez dans mon cœur, tout ce que vous y faictes;
Voyez-y mon regret, voyez-y ma douleur;
Voyez que mes pechez n'y meſlent rien du leur;
Voyez ſi ce regret, eſt grand, & veritable;
Et ſi voſtre bonté me le rend profitable,
Si vous me voulez faire vn agreable don,
Accordez à mes pleurs, accordez vn pardon,
Qui m'oſte auec le iour, des ſentimens ſi ſombres.

SCENE DERNIERE.

OLIMBRE, GENSERIC, L'IMPERATRICE, EVDOXE, THRASIMOND, PLACIDIE, VRSACE, ASPAR, OLICHARSIS, TROVPE DE GARDES.

OLIMBRE.

VOicy, voicy Seigneur, ces biẽ-heureuſes ombres,
Qui viennent accorder à voſtre Maieſté,
Le pardon qu'elle implore & qu'elle a merité.

GENSERIC.

Iuſte Ciel!

OLIMBRE.

Ouy Seigneur leur desir est le vostre;
Mais en prenant vn bien, accordez en vn autre;

GENSERIC.

Que voy-ie?

L'IMPERATRICE.

C'est Seigneur, qu'il vous plaise auiourd'huy,
Puis qu'Vrsace est viuant, que ie sois toute à luy.
Il tient depuis long-temps ma parole engagée,
Et mon affection ne peut estre changée.
Ne taschez plus de rompre vn lien eternel,
Qui ioignit nos deux cœurs, d'vn serment solemnel.
Accordez à ce cœur qui soupire & qui tremble,
Que nous puissons enfin viure ou mourir ensemble.
Ie sçay que vostre amour me faisoit trop d'honneur,
Et qu'en vous refusant, ie refuse vn bon-heur,
Qui passe mon merite, & qui me rend coupable;
Mais ie refuse vn bien dont ie suis incapable:
Ie ne puis estre à vous, ie ne suis plus à moy;
Et tout cœur genereux, n'engage qu'vne foy.
Grand Prince, grand Monarque, accordez ma re-
queste;
Ainsi iamais danger n'approche vostre teste,
Ainsi tousiours la gloire, accompagne vos pas,
Et vous rende immortel, apres vostre trespas.

THRASIMOND.

Ce fils qui fut si cher à la bonté d'vn pere,
Demande cette grace, ou plustost il l'espere:
Mais il demande encor, en ce bien-heureux iour,
Que son pere & son Roy, consente à son amour.
Puisque la belle Eudoxe, a receu son seruice.

OLIMBRE.

C'est icy, c'est icy qu'il faut qu'on accomplisse
Ce qu'vn Roy genereux, m'a promis tant de fois:
Suiuez donc mes aduis, ô le plus grand des Roys;
La iustice en cela, rend ma voix plus hardie,
C'est ce que ie demande auecques Placidie;
Comblez moy de plaisir, en vous comblant d'hõneur,
Et sauuez vostre gloire, en sauuant mon bonheur.

VRSACE.

O Prince qu'à bon droit tout l'vniuers renomme,
Icy doit la vertu, vaincre vn vainqueur de Rome,
Icy vous surmontant, sçachez que sans flatter,
Vous surmontez celuy, qu'on ne peut surmonter.
Que c'est la plus illustre, & plus noble victoire,
Et la seule qui peut couronner vostre gloire.
Du haut du Capitole, où parut vostre bras,
Vostre illustre nom volle, aux plus lointains climats.

Ouy du grand Genseric, ce vray foudre de guerre,
On reuere le nom, aux deux bouts de la terre,
Gardez donc de ternir vn esclat sans pareil,
Qui s'estend aussi loin que celuy du soleil.
Et ne vous ostez pas, cette gloire supréme
Que vous ne perdrez point, si ce n'est par vous mesme:
Souuenez vous Seigneur, puisque chacun vous voit,
Et de l'Imperatrice, & de ce qu'on luy doit.
Pour moy de qui l'orgueil, attaqua vostre armée,
Pour le seul interest de la personne aymée,
Et qui sans craindre en suitte, vn si iuste courroux,
Ay la temerité, de me monstrer à vous;
Ie ne demande rien pour moy, mais tout pour elle;
Sauuez-la, perdez moy, la mort n'est point cruelle
Apres tant de douleurs, & tant de maux souffers;
Enfin ie suis à vous, & i'ay desia des fers.

GENSERIC.

Ciel, il n'en faut point tant, pour vne ame affligeé,
Que le seul repentir, auoit assez changée!
Esclaue genereux, espere, & ne crainds rien,
Ie ne m'oppose plus à vostre commun bien;
Et ie ne pretends plus d'vne vertu si haute,
Rien, sinon que l'oubly puisse effacer ma faute:
Madame, accordez-le par grace, & par pitié:

L'IMPERATRICE.

L'IMPERATRICE.

Seigneur, ie vous l'accorde, auec nostre amitié.

GENSERIC.

Adorable bonté, bien digne de l'Empire!

L'IMPERATRICE.

Vous sçauez dés long-temps que Marcian soupire,
Et dans Constantinople il faut l'aller trouuer,
Pour le charmer du bien, qui nous vient d'arriuer.

GENSERIC.

Oüy, mais auparauant il faut que dans Carthage
Nous acheuions demain ce triple mariage,
Apres tant d'accidens, le plustost vaut le mieux:
Mais quel infame objet, s'offre encor à mes yeux?
Qu'on oste ce meschant, ce vray monstre d'Affrique,
Et qu'on le sacrifie à la haine publique.

L'IMPERATRICE.

Non Seigneur son exil est assez rigoureux,
Ne marquez point de sang, ce beau iour tant heureux.

GENSERIC.

Va donc, & va ſi loin, qu'aucun ne te reuoye.
Mais ce funeſte lieu, ſemble empeſcher ma ioye:
Sortons, & m'apprenez en cét heureux moment,
Quel Ange vous ſauua de cét embraſement.

VRSACE.

Ciel, enfin vous rendez ma gloire ſouueraine,
Et mon contentement, ſurpaſſe bien ma peine!
Que ſoyez vous benit, & que le ſoit par moy,
Et la vertu d'EVDOXE, & la bonté du Roy.

FIN.

Priuilege du Roy.

LOVIS par la grace de Dieu, Roy de France & de Nauarre. A nos Amez & Feaux Conseillers, les Gens tenans nos Cours de Parlement, Maistre des Requestes ordinaires de nostre Hostel, Baillifs, Seneschaux, Preuosts, leurs Lieutenans, & tous autres de nos Iusticiers & Officiers qu'il appartiendra, Salut. Nostre bien amé Augustin Courbé Libraire à Paris, nous a fait remonstrer qu'il desireroit imprimer *La Tragi-Comedie d'Eudoxe, par le sieur de Scudery*, s'il auoit sur ce nos Lettres necessaires, lesquelles il nous a tres-humblement supplié de luy accorder: A CES CAVSES, Nous auons permis & permettons à l'exposant d'imprimer, vendre & debiter en tous lieux de nostre obeyssance ladite *Tragi-Comedie*, en telles marges, en tels caracteres, & autant de fois qu'il voudra, durant l'espace de dix ans entiers & accomplis; à compter du iour qu'elle sera paracheuée d'imprimer pour la premiere fois; Et faisons tres-expresses deffences à toutes personnes, de quelque qualité & condition qu'ils soient, de l'imprimer, ny faire imprimer, vendre ny distribuer, en aucun endroit de ce Royaume, durant ledit temps, sous pretexte d'augmentation, correction, changement de tiltre, ou autrement, en quelque sorte & maniere que ce soit, à peine de quinze cens liures d'amende, payables sans déport par chacun des contreuenans, & applicables vn tiers à Nous, vn tiers à l'Hostel Dieu de Paris, & l'autre tiers à l'exposant; de confiscation des exemplaires contrefaits, & de tous despens, dommages & interests : A condition qu'il en sera mis deux Exemplaires en nostre Bibliotheque publique, & vn en celle de nostre tres-cher & feal le Sieur Seguier Chancelier de France, auant que de l'exposer en vente, à peine de nullité des presentes, du contenu desquelles nous vous mandons que vous fassiez ioüir plainement & paisiblement l'exposant, & ceux qui auront droit d'iceluy, sans qu'il leur soit fait aucun trouble ny empeschement. Voulons aussi qu'en mettant au commencement, ou à la fin dudit Liure vn bref Extrait des presentes, elles soient tenuës pour deuëment signifiées, & que foy y soit adioustée, & aux copies d'icelle, collationnées par l'vn de nos Amez & feaux Conseillers & Secretaires, comme à l'Original. Mandons aussi au premier nostre Huissier ou Sergent sur ce requis, de faire pour l'execution des presentes, tous Exploits necessaires, sans demander autre permission ; CAR tel est nostre plaisir, nonobstant oppositions ou appellations quelconques, & sans preiudice d'icelles, Clameur de Haro, Chartre Normande, & autres Lettres à ce contraires. DONNE' à Paris le 31. iour de Mars, l'an de Grace 1640. Et de nostre Regne le trentiesme, Par le Roy en son Conseil. Signé, CONRART.

Les Exemplaires ont esté fournis, ainsi qu'il est porté par le Priuilege.

Acheué d'imprimer le 2. iour de Ianuier 1641.

www.ingramcontent.com/pod-product-compliance
Ingram Content Group UK Ltd.
Pitfield, Milton Keynes, MK11 3LW, UK
UKHW021057260726
13994UKWH00002B/550